A INGÊNUA LIBERTINA

COLEÇÃO
CLÁSSICOS
DE
OURO

COLETTE
A INGÊNUA LIBERTINA

TRADUÇÃO
RACHEL JARDIM

2ª EDIÇÃO

EDITORA
NOVA
FRONTEIRA

Título original: L'Ingénue libertine
Copyright © Éditions Albin Michel, 1909

Direitos de edição da obra em língua portuguesa no Brasil adquiridos pela EDITORA NOVA FRONTEIRA PARTICIPAÇÕES S.A. Todos os direitos reservados. Nenhuma parte desta obra pode ser apropriada e estocada em sistema de banco de dados ou processo similar, em qualquer forma ou meio, seja eletrônico, de fotocópia, gravação etc., sem a permissão do detentor do copirraite.

EDITORA NOVA FRONTEIRA PARTICIPAÇÕES S.A.
Rua Candelária, 60 – 7º andar – Centro – 20091-020
Rio de Janeiro – RJ – Brasil
Tel.: (21) 3882-8200 – Fax: (21) 3882-8212/8313

Imagem de capa: "Élegante devant le Grand Palais, sur le pont Alexandre III", óleo sobre tela de Jean Béraud. 1905 circa. Col. particular.

CIP-Brasil. Catalogação na fonte
Sindicato Nacional dos Editores de Livros, RJ

C658i
2. ed.

Colette, 1873-1954
    A ingênua libertina / Colette ; tradução Rachel Jardim. - 2. ed. - Rio de Janeiro : Nova Fronteira, 2019.

Tradução de: L'Ingénue libertine
ISBN 9788520943809

1. Romance francês. I. Jardim, Rachel. II. Título

18-54282   CDD: 843
                                         CDU: 82-31(44)

PRIMEIRA PARTE

— Minne?... Minne querida, acabe logo com essa redação! Minne, assim você vai estragar a vista!

Minne resmunga, impaciente. Já respondera três vezes: "Sim, mamãe" à mãe, que bordava apoiada no encosto da grande *bergère*...

Minne morde a caneta de marfim, tão debruçada sobre o caderno que só se vê o brilho dos seus cabelos de um louro quase branco e a pequena ponta do nariz entre dois cachos que caem.

O fogo crepita baixinho, a lâmpada de óleo conta gota a gota os segundos, Mamãe suspira. Sobre o pano do bordado — uma grande gola para Minne — a agulha a cada ponto mergulha. Lá fora, as árvores do bulevar Berthier pingam de chuva e os bondes rangem musicalmente sobre os trilhos.

Mamãe corta o fio de seu bordado... Ao tilintar das pequenas tesouras, o nariz fino de Minne se ergue, os cabelos dourados se separam, dois lindos olhos escuros aparecem, atentos... Mas é apenas um falso alarme: Mamãe enfia tranquilamente outra agulha e Minne pode novamente se debruçar sobre o jornal aberto, meio dissimulado sob o caderno de deveres de história...

Ela lê lentamente, cuidadosamente, a coluna "Paris à Noite":

> Será que nossas autoridades não são capazes de imaginar que certos bairros de Paris, principalmente os bulevares periféricos, são tão perigosos para o transeunte que se aventura por eles quanto uma pradaria para o viajante branco? Nossos modernos apaches dão vazão à sua natural selvageria, não se passa uma noite sem encontrar um ou mais cadáveres.
>
> Agradeçamos ao Céu — é melhor ir a ele do que à polícia — quando esses senhores se limitam a se devorar entre si, como esta noite, quando dois bandos rivais se encontraram e se massacraram totalmente. A causa do conflito? *Cherchez la femme!* Aqui no caso uma moça chamada Desfontaines, apelidada Chapéu de Cobre por causa de seus maravilhosos cabelos vermelhos, excita todos os desejos de uma suspeita população masculina. Há um ano inscrita

nos registros da polícia, essa criatura, que conta apenas dezesseis anos, é conhecida na praça por seu duvidoso charme e sua personalidade audaciosa. Ela boxeia, luta e, quando preciso, também atira. Bazille, vulgo Traça, chefe do bando dos Irmãos de Belleville, e Cabelo de Anjo, chefe dos Aristocratas de Levallois-Perret, um proxeneta perigoso cujo verdadeiro nome ninguém sabe, brigavam esta noite pelos favores de Chapéu de Cobre. Das ameaças, chegaram às facas. Sidney, um desertor belga, também conhecido como Víbora, gravemente ferido, pediu ajuda a Cabelo de Anjo; os comparsas do Traça sacaram os revólveres, e então começou uma verdadeira carnificina. A polícia chegou após o combate, de acordo com a habitual tradição, recolhendo cinco indivíduos dados como mortos: Defrémont e Busenel, Jules Bouquet, conhecido como Olho-Lindo, e Blaquy, também conhecido como Bola, foram transportados com toda a urgência para o hospital, assim como o súdito de Leopoldo, Sidney, a Víbora.

Quanto aos chefes dos bandos e à Colombina, pivô do duelo, não foi possível prendê-los. Estão sendo ativamente procurados."

Mamãe dobra seu bordado. Imediatamente o jornal desaparece sob o caderno, onde Minne escreve o que lhe vem à cabeça: "Por meio desse tratado a França perdia duas de suas melhores províncias. No entanto, algum tempo depois, assinaria outro mais vantajoso."

Um ponto... um traço de tinta a régua embaixo do dever de história... o mata-borrão alisado com sua mão comprida e transparente — e Minne, vitoriosa, exclama:

— Acabei!

— Já não é sem tempo! — diz a mãe, aliviada. — Vá rápido para a cama, minha ratinha branca! Você demorou muito esta noite. Então era muito difícil esse dever?

— Não — responde Minne, se levantando —, mas me deu um pouco de dor de cabeça.

Como está crescida! Quase tão grande quanto a mãe. Alta demais, uma criança de dez anos que espichou, espichou... Graciosa e magra no seu casaco verde de veludo império, Minne se estira ainda mais, levantando os braços. Passa as mãos na testa, joga para trás os pálidos cabelos. A mãe se preocupa:

— Amor, quer uma compressa?

— Não — responde Minne. — Não é preciso. Amanhã já estou bem.

Ela sorri para a mãe com seus olhos castanho-escuros e sua boca expressiva, onde os cantos nervosos estremecem. Tem a pele tão clara, os cabelos tão finos nas raízes que não se vê onde acaba a fronte. Sua mãe contempla de perto essa pequena figura que conhece veia por veia e, novamente, tanta fragilidade a impressiona. "Ninguém jamais lhe daria seus catorze anos e oito meses..."

— Venha, minha querida Minne, vou enrolar seus cabelos!

— Oh! Por favor, não, mamãe. Esta noite não, por causa da dor de cabeça!

— Tem razão, minha querida. Quer que eu a acompanhe até o quarto? Você ainda precisa de mim?

— Não, obrigada, mamãe. Vou logo para a cama.

Tomando uma das duas lamparinas a óleo, Minne beija a mãe e sobe a escada, sem medo nem dos cantos escuros, nem da sombra que se projeta à sua frente, nem do décimo oitavo degrau, que range lugubremente. Aos catorze anos e oito meses, já não se acredita em fantasmas...

"Cinco!", pensa Minne. "A polícia achou cinco, deixados como mortos. E o belga também, que foi pego à traição! Mas ela, Chapéu de Cobre, não a prenderam, nem os dois chefes, graças a Deus!..."

Com sua anágua de nanzuque branca e o corpete também branco, Minne se olha no espelho: "Chapéu de Cobre! Cabelos ruivos... que bonito! Os meus são muito pálidos... Eu sei como é que elas se penteiam..."

Com as duas mãos, levanta os cabelos de seda, enrola-os e depois os prende num coque audacioso, muito alto, quase sobre a testa. De um armário embutido tira o avental rosa cujos bolsos têm a forma de um coração. Depois consulta o espelho, com o queixo erguido... Não, o conjunto está sem graça. O que estará faltando? Uma faixa vermelha nos cabelos. Agora sim! Outra no pescoço, atada de lado. Então, com as mãos nos bolsos do avental, os magros cotovelos aparecendo, Minne, ao mesmo tempo charmosa e desajeitada, ri para si mesma e constata: "Eu sou sinistra."

Minne nunca dorme quando se deita. Escuta, em cima, a mãe fechar o piano, puxar as cortinas, que escorregam sobre os trilhos, entreabrir a porta da cozinha para verificar se algum cheiro de gás escapa pelas torneiras do fogão e subir em seguida a passos lentos, vergada sobre a lanterna, a cesta de trabalho, a longa saia.

Defronte ao quarto de Minne, a mãe para um minuto, escuta... Enfim, a última porta se fecha, e só se percebem ruídos abafados dentro das paredes internas da casa.

Minne está estendida rígida na cama, a cabeça para trás, e sente os olhos se dilatarem na escuridão. Não tem medo. Absorve todos os ruídos como um pequeno animal noturno e arranha o lençol com as unhas dos dedos dos pés.

Sobre o parapeito de zinco da janela, uma gota de chuva cai de segundo em segundo, pesada e regular como o passo do policial percorrendo as calçadas.

"Ele me irrita, esse policial!", pensa Minne. "Para que servem pessoas que fazem tanto barulho quando andam? Os... os Irmãos de Belleville e os Aristocratas... não se escutam seus passos, pois eles andam como se fossem gatos. Usam tênis, ou então pantufas bordadas em ponto de cruz... Como chove! Tomara que eles não estejam na rua a uma hora dessas! Onde estarão o *Traça* e o outro, o chefe dos Irmãos, *Cabelo de Anjo*? Desaparecidos, escondidos... Oh! Novamente esses passos pesados! Pufe! Pufe, pufe, pufe... E se alguém de repente viesse por trás e enfiasse uma faca na horrenda nuca desse policial! Mesmo defronte da porta, na hora em que ele passasse! Ah! Ah! Estou ouvindo Célénie amanhã de manhã: "Madame, madame! Tem um policial morto defronte da nossa porta!" Ela ficaria doente só de susto...

E Minne, encolhida na cama branca, os sedosos cabelos penteados de lado descobrindo uma pequena orelha, adormece com um pequeno sorriso.

Minne dorme e Mamãe pensa. Essa menina tão delicada, que descansa ao seu lado, enche e limita o futuro de madame... Que importa seu nome? Ela se chama Mamãe, essa jovem viúva medrosa e caseira. Mamãe julgou sofrer bastante há dez anos com a morte repentina do marido; depois essa grande dor foi empalidecendo à sombra dourada dos cabelos de Minne, nervosa e frágil. As refeições de Minne, as aulas de Minne, as roupas de Minne... O tempo é curto para pensar nessas coisas e Mamãe o faz com uma alegria e inquietude que não se esgotam nunca.

Entretanto, Mamãe tem somente trinta e três anos e às vezes, na rua, sua serena beleza apagada pelas roupas de professora chama a atenção. Mamãe nada percebe. Sorri quando os elogios vão para os surpreendentes cabelos de Minne ou cora violentamente quando um engraçadinho interpela sua filha. Na sua vida de formiga-mãe não existem outros acontecimentos. Dar um padrasto a Minne? Fora de cogitação! Não e não, elas viverão sozinhas no hotelzinho do bulevar Berthier que papai deixou para sua mulher e sua filha... até o dia, confuso e terrível como um pesadelo, em que Minne partirá com um cavalheiro de sua escolha...

O tio Paul é médico e estará sempre por lá para olhar de vez em quando pelas duas, para cuidar de Minne em caso de doença e impedir que Mamãe perca a cabeça; o primo Antoine distrai Minne durante as férias. Minne frequenta os cursos das senhoritas Souhait para se distrair, encontrar jovens bem-educadas e, meu Deus, se instruir ao mesmo tempo... "Tudo isso está perfeitamente previsto", reflete Mamãe, que teme o imprevisto. "E se pudéssemos seguir assim até o fim da vida, agarradas uma na outra numa estreita e morna felicidade, como transporíamos facilmente os umbrais da morte, sem pecado e sem dor!..."

— Minne querida, são sete e meia.

Mamãe diz isso em voz baixa, como que se desculpando. Na penumbra branca da cama um braço esguio se levanta, fecha o punho e torna a cair.

Em seguida a voz fraca de Minne pergunta:

— Continua chovendo?

Mamãe abre as persianas de ferro. Pela janela entra o murmúrio dos sicômoros com um raio de luz verde e vivo, um sopro fresco que cheira a ar e a asfalto.

— Um tempo maravilhoso!

Minne, sentada na cama, revolve as sedas embaraçadas dos cabelos. Por entre a claridade dos fios e a palidez rosa da cútis, a negra e líquida luz de seus olhos espanta. Lindos olhos, grandes e sombrios onde tudo penetra sob o arco elegante das sobrancelhas melancólicas... A boca expressiva sorri, enquanto eles ficam sérios... Mamãe se recorda, olhando-os, de Minne bem pequena, um bebê delicado todo branco, a pele, a roupa, o laço do cabelo, um pintinho prateado que abria uns olhos espantados, olhos severos, tenazes, pretos como a água redonda de um poço...

Por um instante, Minne olha o balanço das folhas com um ar distraído. Ela abre e fecha os dedos dos pés, como fazem os besouros com as antenas... A noite ainda não a deixou. Continua sonhando acordada, sem escutar a mãe, que circula pelo quarto, terna e fresca no seu roupão azul, os cabelos trançados...

— As botas amarelas, depois a saia azul-marinho e uma blusa... de que cor a blusa?

Enfim acordada, Minne suspira e desvia o olhar.

— Azul, mamãe, ou branca, como queira.

Como se ao falar seus membros tivessem se soltado, Minne pula para o tapete e se debruça na janela: não há nenhum policial estendido na calçada com um punhal na nuca...

"Talvez outro dia", diz Minne para si mesma, um pouco decepcionada.

O cheiro do chocolate perfumado de baunilha espalhou-se pelo quarto estimulando sua minuciosa toalete de menina-moça cuidada: ela sorri para as flores cor-de-rosa do papel de parede. Rosas em toda parte: nas paredes, no veludo inglês das poltronas, no tapete de fundo creme e também no fundo dessa pia comprida, plantada sobre quatro pés laqueados de branco... Mamãe supersticiosamente sempre quis rosas em torno de Minne, em torno do sono de Minne...

— Estou com fome — diz a menina, que defronte do espelho dá o nó na gravata sobre a gola branca engomada.

Que felicidade! Minne está com fome! Eis Mamãe contente por todo o dia. Ela olha com admiração a filha tão alta e esbelta e tão pouco mulher ainda, o busto infantil na blusa plissada, os frágeis ombros onde caem os lindos cabelos copiosos e brilhantes...

— Vamos descer, seu chocolate está pronto.

Minne apanha o chapéu das mãos da mãe e desce a escada, ágil como uma cabra branca. Corre, cheia da feliz ingratidão que embeleza as crianças mimadas, levando ao nariz o lenço onde a mãe colocou duas gotas de verbena misturada com limão.

A escola das senhoritas Souhait não é uma escola para brincadeira. Podem perguntar a todas as mães que lá puseram suas filhas. Elas responderão: "É o que há de melhor em Paris!" E darão imediatamente os nomes da Srta. X..., das pequenas Z..., da filha única do banqueiro H... Mencionarão as salas bem arejadas, o aquecimento a vapor, os carros particulares estacionados à porta, e jamais aconteceu que uma mãe, seduzida por esse luxo higiênico, deslumbrada por esses conhecidos e aristocráticos sobrenomes, se aventurasse a esmiuçar o programa dos estudos.

Todas as manhãs, Minne, acompanhada ora de sua mãe, ora de Célénie, segue as fortificações até o bulevar Malesherbes, onde fica o Curso Souhait. Bem enluvada, uma pasta de couro embaixo do braço, séria e espigada, ela cumprimenta com um olhar a avenida Gourgaud verde e provinciana e com uma carícia os cachorros e crianças do pintor Thaulow, que vagabundeiam com os donos e senhores pela avenida deserta.

Minne conhece e inveja essas crianças louras e livres, esses pequenos piratas do Norte que falam entre si um norueguês gutural... "Sozinhos, sem criada, pelas fortificações!... Mas eles são muito jovens, só sabem brincar... Não se interessam pelas coisas interessantes..."

Arthur Dupin, o "fino" articulista do *Jornal*, cinzelou uma nova obra-prima:

MAIS UMA VEZ OS APACHES! — IMPORTANTE PRISÃO
DESCONHECIDO O PARADEIRO DE CABELO DE ANJO

Nossos leitores ainda se lembram do triste e verídico relato da noite de terça para quarta-feira. A polícia não permaneceu inativa desde esse dia e, embora não se passassem ainda vinte e quatro horas, o inspetor Joyeux prendia Vandermeer, que também responde pela alcunha de Cabeça de Vento, o qual, denunciado por um dos feridos transportados ao hospital, foi preso numa pensão da rua de Norvins. De Chapéu de Cobre não se tem notícia. Parece-nos que mesmo seus amigos mais íntimos desconhecem seu paradeiro e temos conhecimento de que a anarquia impera no meio desse povo privado de sua rainha. Até o presente momento Cabelo de Anjo conseguiu escapar à ação da polícia.

Minne, antes de se recolher ao alvo leito, relê o *Jornal* antes de jogá-lo na cesta de papéis. Ela custa a dormir, agita-se e devaneia:
"*Ela* está escondida, ela, a rainha deles! Em uma pedreira também, com toda a certeza. Os policiais não sabem procurar. *Ela* tem amigos fiéis, que lhe trazem frios e ovos cozidos durante a noite... Caso descubram seu esconderijo, terá sempre tempo de matar vários policiais antes de ser presa... Eis porém que seu povo se amotina! E os Aristocratas de Levallois se dispersam, privados também de seu chefe, Cabelo de Anjo... Eles deveriam ter eleito uma vice-rainha para governar durante a ausência de Chapéu de Cobre..."

Para Minne, tudo isso é monstruoso e simples como um romance antigo. Ela sabe, sem sombra de dúvida, que as bordas peladas das fortificações são uma terra estranha, onde vive um povo perigoso e selvagem, uma raça bem diferente da nossa, facilmente reconhecida pelas insígnias que ostenta: um gorro de ciclista, a malha preta listrada de cores vivas, colada à pele como uma tatuagem de tons vivos. A raça produz dois tipos distintos:

1º O Atarracado, que quando anda balança mãos grossas como bifes crus e cujos cabelos curtos caídos sobre a testa parecem pesar sobre as sobrancelhas;

2º O Esbelto, que caminha indolentemente, sem o menor barulho. Seus sapatos Richelieu — que ele troca com frequência por tênis — põem à mostra meias floridas furadas ou não. Algumas vezes, no lugar das meias, vê-se a pele delicada do tornozelo nu, de um branco duvidoso, com veias azuis... Os cabelos lisos descem sobre a face bem barbeada em mechas coladas sobre a testa, e a tez pálida ressalta o vermelho febril dos lábios.

Esse indivíduo, segundo a classificação de Minne, encarna o tipo nobre da raça misteriosa. O Atarracado canta com frequência, passeia de braço dado com moças sem chapéu, alegres como ele. O Esbelto enfia as mãos nos bolsos de uma calça larga e fuma, os olhos semicerrados, enquanto a seu lado uma inferior e furiosa criatura grita, chora e reclama... "Ela o aborrece", imagina Minne, "com uma porção de pequenas preocupações domésticas. Ele nem mesmo a escuta, sonha, segue a fumaça de seu cigarro do Oriente..."

Os sonhos de Minne desconhecem o caporal vulgar, para ela só existem cigarros orientais...

Minne se admira de como durante o dia os costumes dessa raça singular se tornam patriarcais. Quando retorna da aula, mais ou menos ao meio-dia, ela "os" vê, numerosos, nas plataformas, onde seus corpos estendidos pendem semiadormecidos. As mulheres da tribo cirzem em silêncio, agachadas, ou comem com papéis gordurosos nos joelhos, como no campo. Os machos dormem, fortes e belos. Alguns dentre os encarregados da vigília tiram os casacos e se distraem lutando amigavelmente com seus músculos flexíveis.

Minne os compara aos gatos que de dia dormem, lustram os pelos e afiam as garras recurvas na madeira dos assoalhos. A quietude dos gatos é como uma espera. Com a chegada da noite se transformam em demônios que urram sanguinários e seus gritos de crianças estranguladas chegam até Minne para perturbar-lhe o sono.

A raça misteriosa jamais grita durante a noite: assobia. Assobios penetrantes e terríveis sibilam no bulevar periférico, levando de poste em poste uma telefonia incompreensível. Ao ouvi-los, Minne estremece dos fios dos cabelos aos dedos dos pés, como que atravessada por uma agulha...

"Eles assobiaram duas vezes... Uma espécie de *ui-ui-ui* tremelicante respondeu ao longe... O que quer dizer: *Escaparam?* Ou então: *Foi dado o golpe?* Será que acabaram de matar a velha senhora? A velha senhora está caída no chão ao pé da cama num 'mar de sangue'. Eles vão contar o ouro e o dinheiro, embriagar-se com vinho tinto e dormir. Amanhã, no talude, contarão aos camaradas o golpe da anciã e dividirão o produto do roubo...

"Mas infelizmente sua rainha está ausente e reina a anarquia, disse o *Jornal*. Ser sua rainha com um turbante vermelho e um revólver, entender a linguagem dos assobios, acariciar os cabelos de Cabelo de Anjo e ordenar os golpes a serem dados... A rainha Minne... a rainha Minne!... Por que não? Não se diz a rainha Guilhermina?"

Minne, adormecida, diverga ainda...

Hoje, domingo, como todos os domingos, tio Paul veio almoçar em casa de Mamãe, com o filho Antoine.

É festa para a família e regalo para as crianças. Há um buquê de rosas no centro da mesa, uma torta de morangos sobre o aparador. Esse perfume de frutas e rosas leva a conversa para as próximas férias; Mamãe pensa no pomar onde Minne brincará ao sol; seu irmão Paul, todo amarelado por causa do fígado, espera que a mudança de ares o alivie de suas cólicas hepáticas. Ele sorri para Mamãe, a quem trata sempre como a uma irmãzinha; seu rosto longo e sulcado parece esculpido em nodoso tronco de buxo. Mamãe conversa com ele com deferência e, para aprovar o que diz, inclina o pescoço apertado numa alta gola branca. Usa um vestido triste, de *voile* cinza, que acentua seu porte de mulher jovem vestida como uma avó. Ela conserva um respeito pueril por esse irmão hipocondríaco, que viajou até o outro lado do mundo, cuidando de negros e chineses, trazendo de lá um fígado congestionado, um rosto esverdeado pela bílis e febres de um gênero raro...

Antoine repetiria com vontade o presunto e a salada, mas não se atreve: teme o sibilar desaprovador do pai e a inevitável observação: "Meu filho, se pensa que se empanturrando de conservas suas espinhas vão desaparecer..." Antoine se abstém e olha para Minne dissimuladamente. Embora três anos mais velho que ela, intimida-se todas as vezes que os olhos negros de Minne o observam: sente como que corarem suas espinhas, suas orelhas se inflamam, bebe grandes copos d'água.

Dezessete anos é uma idade bastante difícil para um rapaz e Antoine sofre dolorosamente sua ingrata adolescência. O uniforme preto com pequenos botões dourados pesa-lhe como uma libre humilhante e a penugem que lhe cobre o lábio e as faces provoca a dúvida: "Ele já tem barba ou não tomou banho?" Para suportar tantas desgraças os colegiais necessitam de muita paciência. Este aqui, grande, nariz pontudo, olhos cinzentos bem plantados, será sem dúvida um belo homem, até agora dissimulado na pele de um colegial inapelavelmente feio...

Antoine vai despachando sua salada em bocados cheios de precauções: "Minha tia tem a mania de servir a alface cortada ao comprido:

é extremamente difícil de comer. Se pego uma folha com os lábios, Minne vai dizer que eu como que nem uma cabra. É impressionante como as moças podem ser atrevidas com seus ares recatados! Que tem ela esta manhã? A senhorita está com os olhos fixos. Comeu os ovos quentes sem abrir a boca. Que elegância!..."

Ele descansa o garfo e a faca no prato, limpa a boca sombreada de preto e contempla Minne com um olhar frio e arrogante. Entretanto, ela parece desdenhá-lo, e com que altivez! Ele pensa: "Mesmo assim, ela é mais bonita que a irmã de Bouquetet. Eles podem ironizar, caçoar dela na escola porque nos retratos seus cabelos aparecem brancos, eles não têm primas tão bonitas nem tão distintas. Esse idiota do Bouquetet, que a acha magra! Pode ser, mas eu não aprecio como ele as mulheres gordas!"

Minne está sentada diante da luz; o reflexo das folhas, a reverberação do bulevar Berthier, branco como um atalhozinho no campo, ainda a tornam mais pálida. Distraída, absorta desde a manhã, ela olha sem pestanejar, com uma atenção de sonâmbula, a deslumbrante janela. E prossegue com suas visões familiares, pesadelos longamente inventados, quadros cem vezes recompostos em que varia a minúcia dos detalhes: a Tribo, execrada e temível, dos Esbeltos e dos Atarracados coligados assalta a aterrorizada Paris... Certa noite, por volta das onze horas, os vidros caem, mãos armadas de navalhas e facas revolvem a mesa pacífica, a luz da guarda... Degolam confusamente, por entre estertores suaves, gemidos abafados de gatos... Logo, em meio às rosadas chamas do incêndio, mãos carregam Minne, levando-a com uma força irresistível não se sabe para onde...

— Minne, querida, um pouco de torta?
— Sim, mamãe, obrigada.
— Com um pouco de açúcar?
— Não, mamãe, obrigada.

Inquieta por ver sua Minne pálida e ausente, Mamãe, com um movimento de queixo, indaga ao tio Paul, que dá de ombros:

— Bah! A menina está muito bem. Apenas um pouco de fadiga do crescimento...

— Não será perigoso?

— Ora, não é nada. É uma menina que se desenvolve um pouco tarde, só isso. O que a preocupa? Você não quer casá-la este ano, não é mesmo?

— Eu? Santo Deus...

Mamãe cobre as orelhas com as duas mãos, fecha os olhos como se tivesse visto cair um raio do outro lado do bulevar Berthier.

— De que está rindo, Minne? — pergunta tio Paul.

— Eu? — Minne por fim desvia o olhar da janela aberta. — Eu não estava rindo, tio Paul.

— Estava sim, minha macaquinha, estava sim... — Sua grande mão ossuda brinca com um dos cachos de Minne, enrolando e desenrolando a brilhante mecha de prata dourada. — Você ainda ri. Ainda é esta ideia de casamento, hem?

— Não — responde Minne sinceramente. — Eu ria de outra ideia...

"Minha ideia", continua pensando Minne, "é que os jornais não sabem de nada, ou então são pagos para se calar... Procurei em todas as páginas do *Jornal*, sem que Mamãe me visse... Em todo caso é lindamente cômodo uma mãe igual à minha, que nunca vê nada..."

Sim, é cômodo... É evidente que o insolúvel problema da educação de uma jovem nunca perturbou a alma simplória de Mamãe. Durante quinze anos Mamãe apenas tremeu defronte de Minne de temor e admiração. Que desígnio misterioso se formou nessa criança de inquietante sabedoria, que pouco fala, raramente ri, presa em segredo ao drama, à aventura romanesca, à paixão, paixão essa que ela desconhece, palavra forte que ela murmura em voz baixa e sibilante como se provasse a correia nova de um chicote? Essa criança fria, que não conhece nem o medo, nem a piedade, e que se entrega em pensamento a heróis sanguinários, cuida, entretanto, com uma delicadeza um tanto complacente da ingênua sensibilidade de sua mãe, terna criatura, monja dedicada ao culto único de Minne...

Não é por medo que Minne esconde seus pensamentos da mãe. Um instinto caridoso a aconselha a permanecer, perante os olhos de Mamãe, uma criança grande obediente, cuidadosa como uma gata branca, que diz "Sim, mamãe" e "Não, mamãe", que vai às aulas e se deita às nove e meia da noite... "Ela teria medo de mim", diz a si mesma Minne olhando para a mãe, que serve o café, os calmos olhos insondáveis...

O calor de julho veio de repente. A Tribo, embaixo das janelas de Minne, respira na exígua sombra, sobre a encosta nua do talude. Os escassos bancos do bulevar Berthier estão cheios de dorminhocos de membros dormentes cujos gorros caídos ocultam a parte superior dos rostos. Minne, vestida de branco, com um grande chapéu de palha que lhe esconde os cabelos leves, passa perto deles roçando seus sonos. Ela tenta adivinhar-lhes os rostos mascarados, e diz a si mesma: "Eles dormem. Aliás, só o que se lê nos jornais são casos de suicídios e insolações... É a estação morta."

Mamãe, que leva Minne à escola, obrigando-a a mudar de calçada a cada instante, suspira:

— Este bairro está inabitável!

Minne não arregala os olhos nem pergunta com ar inocente: "Por quê, mamãe?" Essas pequenas pilhérias são indignas dela.

Às vezes encontram uma senhora, amiga de Mamãe, e então conversam cinco minutos. Falam de Minne, naturalmente, de Minne, que sorri com delicadeza, estendendo a mão de dedos compridos e finos. Então Mamãe diz:

— É verdade, ela cresceu muito depois da Páscoa! Oh! É um bebê grande! A senhora nem imagina como é infantil! Às vezes chego a pensar como é possível que um dia ela vá se tornar uma mulher!

E a senhora, enternecida, se atreve a acariciar os belos cabelos de reflexos nacarados presos por uma fita branca... No entanto, o "bebê grande" levanta seus lindos olhos negros, torna a sorrir e divaga ferozmente: "Que idiota esta senhora! Ela é feia. Tem uma pequena verruga no rosto que chama de sinal... Ela deve ser fedorenta sem roupa. Sim, sim, que esteja nua na rua, seja levada por *eles*, e que eles desenhem, com a ponta da faca, marcas fatídicas em seu medonho traseiro! Que a arrastem, amarela como manteiga rançosa, e que dancem sobre seu corpo a dança de guerra, que a joguem num forno de cal viva!..."

Minne, já pronta, está inquieta no seu quarto claro, pisando nervosamente. Célénie, a gorda arrumadeira, está atrasada... Se *ele* já tivesse ido embora!

Há quatro dias, Minne *o* encontra na esquina da avenida Gourgaud com o bulevar Berthier. No primeiro dia ele dormia sentado, apoiado no muro, ocupando metade da calçada. Célénie, assustada, puxou Minne pela manga do vestido; Minne, porém — ela é tão distraída! —, já havia roçado os pés do dorminhoco, que abriu os olhos... Que olhos! Minne levou um choque, sentiu o estremecimento que provocam as admirações absolutas... Olhos negros amendoados, cujo branco se destacava quase azulado no rosto de uma palidez italiana. O bigode fino, como desenhado a tinta, e os cabelos negros que a umidade anelava... Tirara, para dormir, o gorro de quadrados negros e violetas e sua mão direita segurava um cigarro apagado entre o polegar e o indicador.

Olhou para Minne sem se mexer, com um descaramento tão ultrajantemente lisonjeiro que ela teve de parar...

Nesse dia Minne tirou *cinco* em história e, meu Deus, como se diz no Curso Souhait: "Cinco é uma vergonha!" Minne levou uma reprimenda, enquanto, submissa e com o olhar perdido, entregava silenciosamente a Srta. Souhait a torturas ignominiosamente complicadas...

Todos os dias, ao meio-dia, Minne roça o vagabundo e o vagabundo olha para Minne, que, na brancura do seu vestido de verão, não desvia dele os olhos sérios. Ela pensa: "Ele me espera. Ele me ama. Ele me compreendeu. Como lhe poderei informar que nunca estou livre? Se lhe pudesse escrever um bilhete dizendo: *Sou prisioneira. Mate Célénie e partiremos juntos...* Partir juntos... ao encontro da sua vida... uma vida na qual eu nunca mais me lembraria de que sou Minne..."

Ela estranha um pouco a inércia de seu "raptor", que cochila, elegante e sem roupa de baixo, ao pé de um sicômoro. Mas reflete e explica essa debilidade extenuada, essa palidez de ervas anêmicas: "Quantos terá matado esta noite?" Com um olhar furtivo ela procura o sangue que poderia marcar as unhas do desconhecido... Não há sangue! Uns dedos finos muito afilados e sempre um cigarro, aceso ou apagado, entre o polegar e o indicador... Que belo gato, olhos vigilantes sob as pálpebras adormecidas! Quão terrível seria seu salto, para matar Célénie e raptar Minne!

Mamãe também reparou no desconhecido que faz a sesta. Ela apressa o passo, enrubesce e suspira longamente depois de passar pelo perigo e atravessar a avenida Gourgaud...

— Você sempre vê esse homem sentado no chão, Minne?

— Um homem sentado no chão?

— Não olhe para trás agora! Um homem sentado no chão na esquina da avenida... Eu sempre tenho medo que essa gente esteja espreitando para dar um golpe no bairro.

Minne nada responde. Todo o seu pequeno ser interior se enche de orgulho: "É a mim que ele espreita. É só por minha causa que ele está lá. Mamãe não pode compreender..."

Minne, no oitavo dia, sente-se arrebatada por uma ideia que passa logo a considerar uma revelação: essa palidez mate, esses cabelos pretos que se encaracolam em cachos... É Cabelo de Anjo. Ele mesmo, o Cabelo de Anjo. Os jornais disseram: "Foi impossível chegar a prender Cabelo de Anjo..." Ele está na esquina do bulevar Berthier e da avenida Gourgaud, está apaixonado por Minne e por ela arrisca sua vida todos os dias...

Minne palpita, não dorme mais, levanta-se à noite para procurar embaixo de sua janela a sombra do Cabelo.

"Isto não pode se prolongar assim por muito tempo", diz Minne para si mesma. "Uma noite ele assobiará embaixo da janela, eu descerei por uma escada ou uma corda de nós e ele me levará em uma motocicleta até as pedreiras, onde seus súditos congregados o estarão esperando. Ele dirá: 'Eis aqui a vossa Rainha! E... e... será terrível!'"

Um dia Cabelo faltou ao encontro. Defronte da mãe desolada, Minne se esqueceu de almoçar... Nem no dia seguinte, nem no outro, nem nos que se seguiram, nada do Cabelo sonolento e flexível que abria para Minne uns olhos tão espantados logo que ela roçava nele...

Oh! Os pressentimentos de Minne. "Eu bem sabia que ele era Cabelo de Anjo. E agora ele está preso, na guilhotina talvez!..." Enlouquecida ante as inexplicáveis lágrimas e a febre de Minne, Mamãe manda buscar tio Paul, que prescreve caldo, frango, vinho reconstituinte e uma temporada no campo...

Enquanto Mamãe faz as malas com uma atividade de formiga que sente chegar a tempestade, Minne apoia, dolente e preguiçosa, o rosto nos vidros e sonha... "Ele está preso por mim. Ele sofre por mim. Enlanguesce e escreve versos de amor em seu cárcere: *A uma desconhecida...*"

Minne, despertada em sobressalto por um rangido de roldana, abre os olhos assustados no quarto tranquilo: "Onde estou?"

Há três dias chegou à casa de tio Paul, mas ainda não se habituou ao seu rústico alojamento. Ela procura, ao sair de seu tumultuado sono povoado de sonhos esfumaçados, a sombra azul-clara de seu quarto parisiense, o cheiro de limão de sua água-de-colônia... Aqui, por causa das persianas fechadas, é negra noite, apesar dos galos que cantam, das portas que batem, do tilintar da louça que sobe da sala onde Célénie põe as xícaras do café da manhã, noite densa, somente perfurada na janela por um raio de ouro vivo, fino como um lápis...

Esse pequeno bastão cintilante guia Minne, que vai descalça, tateando, abrir as persianas e recua, cega de claridade... Ela fica ali, as mãos sobre os olhos, parecendo, em sua camisola, um anjo arrependido...

Quando o sol atravessa a concha rosada de sua mão, ela volta para a cama, senta-se, segura o pé nu, sorri para a janela onde vespas dançam e agora, com a boca entreaberta e os olhos ingênuos, parece um bebê de revista inglesa. Mas as sobrancelhas se abaixam, um pensamento súbito assoma a suas grandes pupilas, que brilham como um lago. Minne fica a pensar que nem todo mundo desfruta essa luz que zumbe, que em uma grande cidade, numa sombria masmorra onde sonha em seu catre, um desconhecido de cabelos pretos e anelados...

No entanto, é preciso vestir-se, descer, aspirar o leite que espuma, rir, interessar-se pela saúde do tio Paul... "É a vida", suspira Minne, penteando os cabelos que o sol penetra e devora como se fossem de cristal finíssimo.

O assoalho geme sob os passos ligeiros de Minne. Se ela permanece imóvel, as cadeiras império se estiram, fendem-se, estalam, a madeira da cama lhes responde. A casa sonora e seca crepita, como trabalhada por um surdo incêndio. De pé há quase dois séculos, exposta ao sol e ao vento, seu cálido madeirame geme sem cessar, e é chamada por todos "A Casa Seca".

Minne gosta dela por ser grande, por sua saleta de estar separada do jardim por uma escada de cinco degraus, por seus parquetes de madeira branca mornos aos pés descalços, pelos dez hectares, horta e parque, que a rodeiam. Como uma pequena parisiense acostumada às nuances discretas, ela se espanta de haver em seu quarto tantas nuances cruas que lhe alegram os olhos. O papel de parede listrado de um rosa escuro combina com a colcha da cama turca toda trançada de campainhas azuis, de grinaldas verdes; cortinas de musselina alaranjada pendem das janelas e a begônia pesada de flores balança dentro do quarto seus ardentes ramalhetes... Minne, pálida como uma noite de lua, esquenta-se, um pouco chamuscada, nessa fogueira de cores, e às vezes completamente nua ao sol, com um espelho na mão, procura em vão, através de seu corpo delgado, a sombra mais escura de seu elegante esqueleto...

— Uma carta para você, Minne... Aqui está o *Femina*; aqui o *Journal de la Santé*; e mais a *Chronique Médicale*; e um prospecto...

— E para mim nada? — implora Antoine.

Tio Paul emerge, muito pálido, da tigela de leite que tem nas mãos.

— Meu querido filho, você é um fenômeno! Não escreve para ninguém, por que então quer que lhe escrevam?... Faça-me o favor de responder!

— Não sei — diz Antoine.

O gracejo do pai o irrita; a ironia superior de Minne o exaspera. Ela não se mete na discussão, bebe seu leite aos golinhos, toma alento de vez em quando, e olha a janela aberta, fixamente, como fazia no bulevar Berthier. Estranhamente, seus olhos negros refletem o verde do jardim...

"Ela está muito orgulhosa de sua carta!", pensa Antoine.

Orgulhosa? Não parece. Deixou o envelope fechado perto do prato e esvazia a tigela de leite antes de abri-lo.

— Venha ver, Minne — chama Antoine, que folheia o *Femina*. — Está ótimo... Tem fotografias do dia dos Drags*... Oh, vejo a Polaire.

— Que Polaire? — digna-se a perguntar Minne.

Antoine dá uma gargalhada, recuperando de repente toda a sua superioridade:

— Ah, ora essa! Não conhece a Polaire?

A sonhadora figurinha de Minne torna-se desconfiada:

— Não. E você?

— Quando eu digo conhecer, isso não quer dizer, naturalmente, que eu lhe diga bom-dia na rua... É uma atriz. Eu a vi numa representação beneficente. Ela estava com três outras; fazia o papel de uma rameira...

— Antoine! — ralha a voz doce de Mamãe.

— Sim, minha tia... Quero dizer, uma mulher do *bas-fond*.

Os olhos de Minne se arregalam, brilham:

---

* Dia de corrida, em Auteil, no qual se simula uma caçada com cães. (N. da E.)

— Ah!... Como é que ela estava vestida?

— Formidável. Uma blusa vermelha, um avental, os cabelos em cima dos olhos, e um gorro...

— Como era o gorro? — interrompe Minne, surpreendida pela falta de precisão dos detalhes.

— De seda, colocado no alto. Era isso mesmo...

Minne se afasta, desinteressada:

— Eu nunca poria um gorro — comenta com simplicidade.

Ela olha para Antoine maquinalmente, sem vê-lo. Ele se perturba, confuso pela beleza de Minne, pela pequena chama diabólica de seus olhos negros. Enfia no bolso um lenço mal dobrado, que faz volume, esfrega com as costas da mão a penugem do lábio e apanha o chapéu de palha jogado embaixo da cadeira.

—Vou comer mirabelas — diz ele.

— Não coma demais! — pede Mamãe.

— Deixe-o — diz tio Paul, detrás do jornal. — São ótimas como purgante.

Antoine cora violentamente e sai como se o pai o houvesse amaldiçoado.

Minne, com seu avental rosa, levanta-se e amarra embaixo do queixo as fitas de uma capelina de lingerie, que a torna mais jovem ainda. Gentil, ela estende a sua mãe a carta azul:

— Guarde minha carta, mamãe. É de Henriette Deslandres, minha colega de turma. Você pode ler, se quiser. Eu não tenho segredos. Até já, mamãe. Vou comer ameixas.

A relva do pomar deslumbra, reluz em cada pedaço de grama, envernizada e cortante. Minne a atravessa a passos largos, como se cortasse uma corrente de água: salpicam mil gafanhotos, azuis no ar, cinzentos em terra. O sol atravessa a capelina pregueada de Minne, cozinhando a pele dos seus ombros com um fogo tão ardente que ela estremece. As flores de cherivia silvestre abriam-se em leque e exalavam um aroma delicado e doce de incenso à passagem de Minne. A menina anda depressa porque as pontas das ervas enfiadas nas malhas de suas meias espetam: e se fossem bichinhos?

A campina ondulada se inclina onde a relva parece azul: por cima do cercado semiarruinado, pequenos morros redondos e regulares parecem continuar a ondulação do solo...

"Como é bobo esse Antoine por não ter me esperado! E se aparecesse uma cobra enquanto estou completamente sozinha?... Bem, eu trataria de domesticá-la. Assobia-se e elas vêm. Mas como iria eu saber se é uma víbora ou uma cobra?..."

Antoine está sentado sobre uns rochedos chatos que se mostram à flor da terra. Percebeu que Minne estava vindo e por isso apoia dois dedos na testa, com um ar pensativo e distinto.

— É você? — diz ele, como no teatro.
— Sou eu. Que vamos fazer?
— Eu nada. Estava meditando...
— Eu não queria incomodá-lo.

Ele estremece à ideia de vê-la partir e responde sem jeito que "há lugar para dois no pomar".

Minne senta-se no chão, solta a capelina para que o vento lhe toque as orelhas... Olha para Antoine com atenção e cautela, como se ele fosse um móvel:

— Sabe, Antoine, eu gosto mais de você assim, de camisa de flanela, sem colete.

Ele cora uma vez mais.

— Ah, você acha? Estou melhor do que de uniforme?
— Com certeza. Pena que esse chapéu de palha lhe dê uns ares de jardineiro.
— Obrigado.
— Eu gostaria mais — prossegue Minne sem ouvi-lo — de um gorro... sim, um gorro.
— Um gorro! Minne, você é meio biruta, sabia?
— Um gorro de ciclista, sim... E esses cabelos... Espere!

Ela estende as pernas como um gafanhoto, cai de joelhos contra ele e lhe tira o chapéu. Perturbado, ele encolhe as pernas e se torna grosseiro:

— Deixe-me em paz, sua imbecil! — Ela ri, enquanto seus olhos sérios refletem, lá no fundo, os pequenos morros, o céu branco de calor, um ramo da ameixeira que se move... Ela penteia Antoine com um pequeno pente de bolsa, maneja o primo sem nenhum prazer, sem pudor, como um boneco.

— Não se mexa. Ah! Os cabelos da frente assim e depois os do lado... Mas eles estão curtos demais do lado... Não faz mal, já está melhor. Com um gorro de quadrados pretos e violeta...

Estas últimas palavras evocam muito vivamente o preguiçoso dorminhoco das fortificações; ela se cala, larga seu boneco e senta-se sem dizer nada. "Outra lua", pensa Antoine.

Ele também não diz nada, movido por um ressentimento e um confuso desejo. Minne tão perto dele — poderia contar-lhe as pestanas! —, suas mãozinhas magras, frias como camundongos, os dedos pontudos passando pelas suas têmporas, pelas suas orelhas... O grande nariz de Antoine palpita para sentir o perfume de verbena e limão que ainda paira no ar... Sentado, humilde e descontente, ele espera o reinício das hostilidades. Mas ela sonha, as mãos cruzadas, o olhar vagueando, sem dar-se conta da confusão de Antoine, sua feiura dom-quixotesca: nariz grande e ossudo, olheiras nos grandes olhos de adolescente, grande boca generosa com dentes quadrados e sólidos, tez desigual, inflamada no queixo com algumas vermelhidões...

De repente, Minne desperta, aperta os lábios, estende um dedo afilado:

— Olhe para lá — diz ela.
— O quê?
—Você o vê?

Antoine abaixa o chapéu sobre os olhos, olha e boceja com indiferença:

— Sim, estou vendo. É o tio Corne. O que há com você?
— Sim, é ele — sussurra Minne, profundamente. Ela se ergue sobre os finos pés, estende para a frente seus braços de Fúria: — Eu o detesto!

Antoine sente que está vindo uma "lua". Adota um rosto neutro, onde a desconfiança combate a piedade:

— O que foi que ele lhe fez?
— O que foi que ele me fez?... Ele é feio, tio Paul lhe emprestou um pedaço do pomar para plantar legumes, eu já não posso vir aqui sem encontrar o tio Corne, ele parece um sapo, seus olhos lacrimejam, ele cheira mal, planta alho-poró... Deus, como eu sofro!

Ela torce os braços, como uma menina que representasse Fedra. Antoine se apavora com esse papel de bacante. Minne, porém, muda de expressão, senta-se novamente na pedra chata, estica o vestido em cima dos sapatos. Seus olhos anunciam mexerico e mistério...

— E depois, você sabe, Antoine...
— Quê?

— O tio Corne é um homem mau.
— Ora!
— Não tem nada de "ora!" — diz Minne, vexada. — Faria muito melhor se acreditasse em mim e puxasse as calças. Ninguém precisa saber que você usa ceroulas cor de malva.

Esse tipo de observação afunda Antoine numa irritação pudica com a qual Minne se deleita.

— E, ainda mais, ele toca flautim na cama, domingo de manhã.

Antoine rola as costas na grama como um asno.

— Flautim?! Minne, você é muito doida! Ele não sabe tocar!

— Eu não disse que ele sabia tocar. Eu disse que ele toca. Célénie já viu. Ele dorme com uma malha marrom, com a sua cara horrível, lacrimeja, seus lençóis são imundos, e ele toca flautim... Oh!

Minne é sacudida por um estremecimento de horror da cabeça aos pés... "As moças geralmente são um pouco malucas", filosofa em silêncio Antoine, que conhece há quinze anos o tio Corne, um velho expedicionário, de olhos doentes, sempre gemendo e sujo, cujo aspecto desperta em Minne um repulsivo frenesi...

— Que jeito podemos dar nele, Antoine?
— Em quem?
— No tio Corne.
— Não sei...
— Você nunca sabe. Você tem uma faca?

Ele põe instintivamente a mão no bolso da calça.

— Tem sim — afirma Minne, peremptória. — Me empreste!

Ele ri sem jeito, como um urso defronte de uma gata...

— Ande logo, Antoine!

Ela se joga sobre ele, mergulhando uma atrevida mão no bolso proibido e se apodera de uma faca com cabo de madeira... Antoine, com as orelhas vermelhas, não diz uma palavra.

— Está vendo, seu mentiroso! Sua faca é muito bonita, ela se parece com você... Venha, o tio Corne já foi embora. Vamos brincar, Antoine. Vamos brincar na horta do tio Corne. Os alhos-porós são os inimigos, as abóboras são as fortalezas: é o exército do tio Corne.

Ela brande a faca aberta, como uma pequena fada temível; divaga em voz alta, pisoteia as alfaces.

— Ei, vamos. Nós arrastaremos seus cadáveres e os violaremos.
— O quê?

— Nós os violaremos, já disse. Deus, que calor.

Ela se joga de barriga para baixo sobre um canteiro de salsa. Antoine, pasmado, contempla essa menina loura, que acaba de dizer algo tão escandaloso:

— Será que entendi bem... Você sabe o que isso quer dizer?

— Claro que sei.

— O quê?

Ele tira o chapéu, coloca-o de novo, raspa com o salto a terra rachada e seca...

— Como você é bobo, Antoine! Você sempre procura se mostrar superior. Foi Mamãe que me explicou o que isso significa.

— Foi minha tia que...

— Um dia, em uma lição, eu li: "E suas sepulturas foram violadas." Então perguntei a Mamãe: "O que quer dizer violar uma sepultura?" Mamãe respondeu: "É abri-la sem permissão..." Pois bem, violar um cadáver é abri-lo sem permissão. Está zangado?... Venha, o sino do almoço está tocando!...

À mesa, Antoine enxuga a testa com o guardanapo, bebe grandes copos d'água...

— Você está com muito calor, meu pobre pequeno? — pergunta Mamãe.

— Sim, titia, nós corremos muito, então...

— O que é que está dizendo? — grita da ponta da mesa esse diabinho da Minne. — Absolutamente, nós não corremos. Estávamos só olhando o tio Corne, que trabalhava no jardim.

Tio Paul dá de ombros:

— Esse menino está congestionado. Meu filho, faça-me o favor de voltar a beber genciana: vai lhe fazer bem para as espinhas.

— Este melão está custando a digerir — suspira tio Paul, deixando-se cair numa cadeira de bambu.

— É seu estômago que é muito delicado — decreta tio Luzeau. — Eu sempre tomo Combier antes e depois das refeições, e posso assim comer quantos melões queira e feijões-vermelhos também.

O tio Luzeau, reto e teso, vestindo um terno de calça cáqui, fuma seu cachimbo, os olhos emboscados atrás de uns pelos ruivos. Essa sólida ruína é uma fraqueza do tio Paul, que se resigna, uma vez por semana, a hospedar sua estupidez solene de velho caçador. O tio Luzeau cachimba fazendo barulho, cheira a taberna e a sangue de coelho, e Minne não gosta dele.

"Ele parece um ogro", pensa ela. "Dizem que é um homem bom, mas sabe dissimular. Esses olhos! Ele deve roubar criancinhas e dá-las aos porcos!"

Um anoitecer parado pesa sobre o campo. Após o jantar, para fugir das lâmpadas rodeadas de mosquitos e de pequenas borboletas pardas cobertas de antenas mefistofélicas, esfinges com olhinhos empenujados, tio Paul, seu convidado, Minne e Antoine foram sentar-se no terraço.

O fogo da cozinha e a lâmpada da sala de jantar dardejam sobre o jardim duas pinceladas de luz alaranjada. As cigarras cantam como se fosse dia e a casa, que bebeu o sol por todos os poros de sua pedra cinzenta, ficará morna até meia-noite.

Minne e Antoine, sentados com as pernas pendentes sobre o muro baixo do terraço, permanecem calados. Na escuridão, Antoine tenta divisar os olhos de Minne, mas a noite é muito densa... Ele está com calor, pouco à vontade, mas suporta pacientemente essa sensação demasiado familiar.

Minne, imóvel, olha à sua frente. Escuta os passos da noite que comprimem a areia do jardim e acredita ver nas sombras figuras terríveis que a fazem estremecer de prazer. Essa hora serena e pesada enche-a de impaciência e, diante dessa beleza calma, ela recorda o amado Povo que governa seus sonhos...

Noite pesada, em que as mãos procuram o frio da pedra! Ela se estende ao longo das fortificações, cheia de febre e morte, atravessada por agudos assobios...

Minne se volta bruscamente para o primo:

— Assobie, Antoine.

— Assobiar o quê?

— Dê um assobio forte, o mais forte que puder. Mais forte!... Mais forte!... Chega! Você não sabe!

Juntando as mãos, ela estala todas as suas falanges e boceja para o céu como uma gata.

— Que horas são? Ele não vai mais embora, esse tio Luzeau?

— Por quê? Ainda é cedo. Você está com sono? Um beicinho desdenhoso: sono!

— Ele me irrita, esse velho!

— Tudo a irrita também! É um bom homem, talvez um pouco chato...

Ela encolhe os ombros e fala olhando as sombras.

— Para você todo mundo é um bom homem. Será que você não viu os olhos dele? Está bem, eu sei o que sei!

— O que há de saber você?

— Eu lhe peço, seja educado. Com quem você pensa que está falando?... O tio Luzeau é um veterano do crime.

— Um veterano do crime, ele! Minne, se ele escutasse!

— Se escutasse ele nunca mais ousaria voltar aqui! Na sua pequena cabana de caçador ele atrai as moças, abusa delas e depois as estrangula. Foi assim mesmo que a pequena Quenet desapareceu.

— Oh!

— Sim.

Antoine sente a cabeça ferver. Ele diz em voz baixa, prudentemente:

— Mas não é verdade! Você bem sabe que seus pais disseram que ela viajou para Paris em companhia de um...

— De um caixeiro viajante, eu sei. O tio Luzeau pagou a eles para que não contassem a verdade. Essa gente faz tudo por dinheiro.

Antoine permanece aniquilado um minuto, mas logo seu bom senso se revolta. Ele tem até coragem de segurar com suas mãos rudes os punhos de Minne:

— Escute, Minne, não se dizem barbaridades assim sem se ter certeza! Quem lhe disse tudo isso?

A auréola prateada em volta da cabeça de Minne treme com as suas gargalhadas:

— Ah! Ah! Você pensa que eu ia ser boba de lhe contar quem me disse?

Ela solta os punhos, retomando sua rigidez de infanta:

— Eu sei de muitas outras coisas, cavalheiro. Mas não confio em você o bastante.

O rapagão terno e sem jeito sente vontade de chorar, mas tomando um tom arrogante diz:

— Não confia! Alguma vez eu contei algo? Ainda esta manhã, quando o tio Corne veio se queixar de seus legumes estragados, por acaso eu dei com a língua nos dentes?

— Só faltava isso. Seria infantil demais.

— Então?... — suplica Antoine.

— Então o quê?
— Você ainda vai me contar?...
Ele renuncia a toda sorte de desdém, inclina seu grande corpo em direção a essa pequena rainha indiferente que guarda tantos segredos embaixo de seus cabelos louros...
— Vou pensar no assunto — diz ela.

— Posso entrar, Antoine? — grita a voz aguda de Minne atrás da porta.
Antoine, sobressaltado como uma virgem apanhada em flagrante, corre de um lado para o outro, gritando: "Não! Não!" E aturdidamente procura a gravata. Um pequeno arranhar de impaciência na porta e eis que Minne entra:
— Que é isso de "não, não"? É porque você está em mangas de camisa? Você acha, meu filho, que isso me preocupa?
Minne, com um vestido de linho azul, os cabelos lisos sob um turbante branco, para defronte do primo, o qual com uma mão nervosa dá o nó na gravata enfim encontrada. Olha para ele com seus olhos negros e profundos, onde treme e se reflete a relva fina das pestanas. Diante desses olhos, Antoine deslumbra-se e se vira. Eles têm a candura severa dos olhos dos bebezinhos, que são tão sérios porque ainda não falam. Sua água sombria bebe as imagens, e, por se ter refletido nela por um instante, Antoine, confuso e em mangas de camisa como um guerreiro sem a armadura, perde toda a segurança...
— Por que você põe água nos cabelos? — pergunta Minne, agressiva.
— Para que o repartido fique certo, ora!
— Não é bonito, assim seus cabelos parecem colados como os dos peles-vermelhas.
— Se é para me dizer isso que você vem me ver quando estou em mangas de camisa!...
Minne encolhe os ombros. Dá voltas pelo quarto, brinca de senhora em visita, inclina-se sobre uma caixa de vidro e, apontando o indicador, pergunta:
— Que borboleta é esta?
Ele se curva, sentindo uma emoção agradável produzida pelos finos cabelos de Minne.
— É uma vanessa.

— Ah!

Tomado de grande coragem, Antoine abraça Minne pela cintura. Ele não sabe absolutamente o que vai fazer em seguida... Um perfume de limão, louro como os cabelos de Minne, põe em sua boca uma água ácida e clara...

— Minne, por que você não me beija mais ao me dar bom-dia?

Despertada, ela se solta, retoma sua expressão pura e grave:

— Porque não é correto.

— Mesmo quando não há ninguém por perto? Como agora?

Minne reflete, as mãos pendentes sobre o vestido.

— É verdade, estamos sozinhos, mas isso não me daria nenhum prazer.

— Como é que você sabe?

Assim falando, ele se assusta com a própria audácia. Minne nada responde... Ele então se lembra, as faces afogueadas, de uma tarde depois de más leituras em que ficou, exatamente como nesse momento, vibrante, as orelhas quentes e as mãos geladas... Minne parece decidir-se de repente:

— Está bem, beije-me. Mas tenho de fechar os olhos.

— Você me acha tão feio assim?

Sem comover-se pelo grito humilde e sincero, ela sacode a cabeça, agitando seus caracóis brilhantes:

— Não. Mas é pegar ou largar.

Fechando os olhos, fica tesa, esperando. Seus olhos negros desaparecem, e ela fica de repente mais loura e mais jovem: uma menina adormecida... Com um impulso mal calculado, Antoine alcança-lhe o rosto com lábios gulosos, quer repetir... mas se sente empurrado por duas pequenas garras, enquanto os olhos tenebrosos, bruscamente abertos, gritam sem palavras:

"Vá embora. Você não soube me enganar. Não é *ele*."

Minne dorme mal essa noite, com um sono inquieto de passarinho. Quando foi deitar-se, o céu avançava baixo a oeste como uma muralha negra, o ar seco e arenoso endurecia as narinas... Tio Paul, muito pouco à vontade, com o fígado inchado, procurou em vão uma hora de repouso no terraço e subiu cedo, deixando Mamãe fechar as persianas, ralhando com Célénie: "A pequena porta de baixo? — Está *fechada*. — A lucarna do celeiro? — Não se abre nunca. — Isso não é motivo... Vou ver pessoalmente..."

Entretanto, Minne adormeceu, embalada por barulhos surdos e doces... Um pequeno ruído a desperta, seguido de uma pancada de vento singular, que começa como uma brisa sussurrante, infla-se, tomando de assalto a casa que estala toda... Depois, uma grande calmaria morta. Minne, porém, sabe que não acabou ainda: ela espera, cega pelas lâminas de fogo azul que entram pelas persianas.

Ela não tem medo, mas essa espera física e moral a cansa. Seus pés e suas mãos estão ansiosos e a ponta de seu fino nariz estremece com uma angústia autônoma. Tira o lençol, afasta os cabelos da testa, pois o roçar de seus fios de teia de aranha a irrita a ponto de querer gritar.

Outra onda de vento! Aparece como uma fúria, dá voltas em torno da casa, insiste, sacudindo como se fossem mãos humanas as persianas; Minne escuta os gemidos das árvores... Uma surda algazarra abafa seu pranto. O trovão soa vazio e falso, rejeitado pelos ecos dos pequenos morros... "Não é o mesmo trovão de Paris", pensa Minne, deitada na cama descoberta e com os joelhos encolhidos... "Ouço a porta do quarto de Mamãe... Gostaria de ver a cara de Antoine... Se faz de valente perante o mundo, mas tem medo da tempestade... Eu gostaria de ver as árvores vergarem..."

Guiada pelos relâmpagos, corre até a janela, e, no momento em que abre os postigos, uma luz fulminante bate nela, a repele, e Minne acredita morrer...

Com a escuridão vem a certeza de estar viva. Um vento irresistível levanta seus cabelos tesos, inflando as cortinas até o teto. Reanimada, Minne pode distinguir, na fantástica luz que se expande de segundo em segundo, o jardim torturado, as rosas que se debatem, violáceas, sob os relâmpagos de cor malva, os plátanos que, com as mãos de folhas abertas e assustadas, pedem clemência a um inimigo invisível e numeroso...

"Tudo mudou", pensa Minne: ela não reconhece mais o horizonte calmo das montanhas nesses recortes de cimos japoneses, ora verdejantes, ora cor-de-rosa, e que uma cintilante arborescencia une pouco a pouco ao trágico firmamento.

Visionária, Minne se lança de encontro à tormenta, ao teatral resplendor, ao estrondo soberano, com toda a sua alma apaixonada pela força e pelo mistério. Ela colheria sem o menor medo ramalhetes de plantas letais, saltaria nas nuvens debruadas de fogo, contanto que um olhar insultante e adulador, caído das pálpebras lânguidas de Cabelo de

Anjo, a recompensasse. Confusamente, sente a alegria que pode haver em morrer por alguém, diante de alguém, e que isso é uma coragem fácil, contanto que nos ajudem um pouco de orgulho ou um pouco de amor...

Antoine, o rosto no travesseiro, aperta as mandíbulas com força suficiente para lhe partir o esmalte dos dentes. A chegada da tempestade o deixa maluco. Ele está só, pode se torcer à vontade, aninhar-se no travesseiro quente antes de olhar os relâmpagos e esperar, com o fervor de um explorador morrendo de sede, as primeiras gotas da chuva apaziguante...

Ele não tem medo, não — positivamente não. Mas é superior a suas forças... De qualquer maneira, a violência extrema da tempestade chega a tirá-lo de sua preocupação consigo mesmo. Escuta, sentado na cama. "Tenho certeza que caiu no pomar... Minne! Ela deve estar morta de medo!..."

A evocação precisa de Minne enlouquecida, pálida em sua camisola branca, os cabelos como chuva de ouro e prata, precipita na alma de Antoine uma torrente de pensamentos amorosos e heroicos. Salvar Minne, correr até seu quarto, estreitá-la no exato momento em que sua voz falhar para pedir socorro... Estreitá-la junto a si, reanimar com carícias esse pequeno corpo frio e esbelto como um lírio... Antoine, as pernas para fora da cama, o pescoço abaixado para defender o rosto dos relâmpagos que batem como bofetadas, não sabe mais se foge da tempestade ou se corre até Minne, quando a vista de suas pernas compridas e faunescas, duras e peludas, detém seu impulso: pode-se imaginar um herói de pijama?

Enquanto ele hesita, ao mesmo tempo exaltado e tímido, a tempestade se afasta, se amortece em distante artilharia. Uma a uma, as primeiras gotas de um dilúvio caem, batendo sobre as folhas de aristolóquia como sobre tamborins esticados... Uma estranha depressão acabrunhante desliza sobre todos os membros de Antoine — o óleo benfeitor da covardia...

Minne não aparece mais com as feições de uma vítima comovedora, mas sob o aspecto, não menos perturbador, de uma jovem de camisola... Prolongar magicamente seu sono, abrir seus braços amolecidos, beijar suas pálpebras transparentes que transformam em azul o preto escondido das pupilas...

Deitado novamente no meio da cama morna, Antoine relaxa sua excitação transformada. Cerrará os olhos debaixo da luz do dia que se aproxima, cinzenta e tranquilizadora, possuirá longamente Minne adormecida, a mais jovem, a mais frágil de seu harém costumeiro, onde elege por vezes Célénie, a morena e forte arrumadeira, Polaire, com seus cabelos curtos, a Srta. Moutardot, que foi rainha do lavatório Saint-Ambroise, e Dido, que reinou sobre Cartago...

Antoine e Minne, sozinhos na sala de jantar cheia de sons, comem de pé, perto da janela fechada, e olham melancólicos a chuva cair. Fina e compacta, ela foge em direção ao leste, em véus que se movem lentamente, como o tecido flutuante de um vestido de gaze. Antoine sacia sua fome com uma grande e comprida fatia de pão com geleia de uva, na qual seus dentes marcam meias-luas. Minne, com o dedo mínimo espetado no ar, segura uma fatia menor, que se esquece de comer para procurar, ao longe, através da chuva, além dos morros redondos, algo que não se sabe o que é… Por causa da chuva fria, ela voltou e vestiu seu casaco de veludo verde-império, a gola branca que acompanha a linha caída de seus ombros. Antoine gosta tristemente desta roupa, que rejuvenesce Minne em seis meses e fica a pensar no começo das aulas em outubro.

Apenas um mês e será preciso deixar essa Minne extravagante, que diz monstruosidades com um ar tão sereno como se não as entendesse, que acusa as pessoas de assassinato e de violação, que estende sua face aveludada e recusa o beijo com olhos raivosos… Com todo o seu coração ele gosta dessa Minne, como um colegial despudorado, um irmão protetor, um amante temeroso, um pai também às vezes… por exemplo no dia em que ela se cortou com um canivete, cerrando os lábios com uma expressão dura para conter as lágrimas… Nesse dia triste seu coração se encheu de uma ternura que o fez corar diante de si mesmo. Estendendo os braços compridos, lança um olhar em direção à sua loura Minne, que foi para tão longe… Tem vontade de chorar, de abraçá-la, e exclama:

— Que tempo horrível!

Minne enfim deixa de olhar o horizonte cinzento e o contempla, silenciosa. Antoine se irrita sem motivo:

— Por que você está me olhando com o ar de quem sabe alguma coisa ruim de mim?

Ela suspira, tendo na ponta dos dedos a fatia de pão mordida:

— Não tenho fome.

— Mas como? É a famosa geleia de uva de Célénie.

Minne franze o pequeno nariz.

— Deve ser. Você está comendo como um pedreiro.
— E você como uma freira!
— Hoje não estou com vontade de comer geleia de uva.
— O que é que está lhe apetecendo hoje? Manteiga fresca em cima do pão torrado? Queijo branco?
— Não. Eu queria um pedaço de açúcar-cande.
— Minha tia não vai querer — observa Antoine, sem muita surpresa. — Além disso, não é bom.
— Não é bom? Puxa, chupar um bom pedaço de açúcar-cande até ele se dissolver na boca... Ponha meu pão com geleia no bufê. Ele me irrita.

Ele obedece e vem sentar-se aos pés de Minne, numa cadeira baixa.
— Fale comigo, Antoine. Você é meu amigo, distraia-me!

Era bem o que ele temia. A dignidade de amigo confere a Antoine um embaraço extraordinário. Quando Minne conta histórias de assassinatos ou de atentados aos costumes, tudo vai bem; mas ter de ficar falando sozinho... Ele se declara incapaz...
— E, depois, você compreende, Minne, um rapaz como eu não tem um repertório de histórias para moças!
— Ora, eu lhe digo o mesmo — responde Minne, ofendida. — Você acha que eu poderia lhe contar tudo o que se passa no meu colégio? A metade das megeras que vêm ao colégio de automóvel deixariam tio Luzeau no chinelo!
— Não!
— Claro que sim! E a prova é que cinco ou seis delas têm amantes!
— Oh! Você está brincando!... Suas famílias saberiam.
— Nada disso, meu senhor. Elas são muito espertas!
— E você, como sabe?
— Talvez porque eu tenha olhos!

Ah, sim, ela tem olhos! Olhos terrivelmente sérios que ela inclina sobre Antoine a ponto de lhe causar vertigem...
— Você tem olhos sim... Mas os pais delas também. Onde é então que suas colegas se encontram com os amantes?
— À saída do colégio — responde Minne sem desconcertar-se. — Eles trocam cartas.
— Ah! Bem. Se eles trocam cartas...
— De que está rindo?
— Bem, então elas não correm o risco de engravidar, essas suas amigas!

Minne pestaneja, desconfiando de sua ciência incompleta:

— Eu só digo o que quero dizer. Você pensa que vou entregar à... à vergonha... a elite da sociedade parisiense?

— Minne, você fala como um novelista.

— E você como um vagabundo!

— Minne, você tem um péssimo gênio!

— Ah, é assim? Pois vou embora.

— Está bem, pode ir.

Ela se volta muito digna e vai saindo da sala, quando uma brusca claridade aparece entre as nuvens, provocando nas duas crianças o mesmo "ah" de surpresa: o sol! Que felicidade! A sombra digitada das folhas do castanheiro dança no chão a seus pés...

—Venha, Antoine, vamos correr!

Ela corre para o jardim onde ainda chove, seguida de Antoine, que arrasta os pés, contrariado. Ela passeia pelas alamedas ainda molhadas, contempla o jardim rejuvenescido. Ao longe a espinha das montanhas repousa como a de um cavalo cansado e a terra acaba de beber num silêncio formigante.

Defronte à árvore frondosa, Minne para, deslumbrada. A árvore enfeitou-se toda, vaporosa e rosa como um céu Trianon: de sua cabeleira feita de nuvens redondas com pingos de diamante, será que não veremos voar esses pequenos amores nus que seguram bandeirolas azuis e que têm as faces e os traseiros muito corados?

A espaldeira está coberta de gotículas, mas os pêssegos em forma de limões, conhecidos como "tetas-de-vênus", permaneceram secos e quentes sob sua bela casca aveludada... Para sacudir as rosas pesadas de chuva, Minne arregaçou as mangas e mostra os seus delgados braços de marfim, coloridos por uma penugem ainda mais pálida que os cabelos. E Antoine, taciturno, morde os lábios, pensando que poderia beijar esses braços, acariciar com a boca essa penugem prateada...

Minne se pôs de joelhos junto a um caracol vermelho, e a fina ponta de seus cabelos anelados se molha numa poça d'água:

— Olhe, Antoine, como ele é vermelho e granuloso. Viaja dentro da sua própria mala!

Ele não se digna a inclinar o grande nariz amuado.

— Antoine, por favor, vire-o: eu gostaria de saber se amanhã teremos tempo bom.

— Como?

— Foi Célénie que me ensinou: se os caracóis têm terra na ponta do nariz, é sinal de tempo bom.
— Então, vire-o você!
— Não, eu tenho nojo.

Resmungando para salvar sua dignidade, Antoine vira com um pequeno graveto o caracol que baba e se crispa. Minne não pode ocultar o seu contentamento.

— Me diga onde fica o nariz dele!

Agachado junto dela, Antoine não pode impedir que seu olhar deslize para o tornozelo de Minne debaixo da anágua enfeitada, até as rendas bordadas da calcinha... O animal que traz dentro de si estremece: ele pensa que, com um gesto brusco, poderia jogar Minne na alameda úmida. Ela, porém, levanta-se de repente:

—Venha, Antoine! Vamos colher abobrinhas lá debaixo do corniso!

Corada de animação, ela o arrasta até a horta lavada e agradecida. A folha ondulada das couves transborda de pedrarias e os arbustos finos que contêm a semente dos aspargos balançam uma geada rutilante...

— Minne, um caracol colorido! Veja: até parece um confeito.

Escargot
Manigot,
Montre-mois tes cornes!
Si tu m'les montres pas.
J'te ferai prendre
Par ton père,
Par ta mère.
Par le roi de France!*

Minne canta a velha canção com sua voz aguda e pura, interrompendo-se subitamente:

— Antoine, um caracol duplo!
— Como duplo?

Ele se abaixa e para, confuso, sem se atrever a tocar nos dois caracóis colados um no outro, nem a olhar para Minne, que se inclina.

— Não toque nisso, Minne! É sujo!

---

* Caracol/ Caracolinho,/ Mostre-me seus chifres!/ Se não me mostrar,/ Mandarei você ser preso/Por seu pai,/ Por sua mãe,/ Pelo rei da França! (N. da E.)

— Por que sujo? Não é mais sujo que uma amêndoa ou uma avelã... É um caracol gêmeo!

Depois da grande chuva, o calor voltou brutal, quase insuportável, e "A Casa Seca" fechou suas persianas.

Como disse Mamãe, aflita, vestida em percais claros: "A vida não é mais possível." Tio Paul, no seu quarto, vai matando as horas lentas do dia, e a sala de jantar sombria, cheia de estalos e ecos, abriga novamente Minne enlanguescida, Antoine muito feliz... Ele está sentado defronte de sua prima e molemente dispõe as treze cartas de uma paciência, encantado de ter diante de si uma Minne mudada que arrumou atrevidamente seus cabelos num coque alto "por causa do calor". Quando vira a cabeça mostra uma nuca branca, azulada como um lírio na sombra, onde impalpáveis cabelos saídos do coque se retorcem com graça vegetal.

Com esse penteado que lhe dá uma aparência de "senhora", Minne, com ares de importância, olha de cima Antoine e suas tentativas de elegância: calça de brim branco, camisa de seda, cinto alto bem apertado... Com sua camisa de seda vermelha, seus cabelos pretos e a tez morena, parece incontestavelmente com um vaqueiro do *Nouveau Cirque*. Pela primeira vez Antoine experimenta a indigência dos meios para agradar e compreende que um namorado, se não é amado, jamais poderá ser belo...

Minne se levanta, misturando as cartas:

— Chega, está fazendo muito calor!

Ela vai para perto das persianas fechadas, mete seu olho num buraco redondo do forro carcomido e contempla a canícula como a um cataclismo:

— Se você visse... Nem uma folha se mexe... E o gato da cozinha! Está louco esse animal, se cozinhando desse jeito! Vai pegar uma insolação, já está todo chato... Pode acreditar, eu sinto o calor que me vem no olho pelo buraco da persiana!

Ela volta agitando os braços "para fazer ar" e pergunta:

— O que é que vamos fazer?

— Não sei... Podemos ler...

— Não, está muito quente.

Antoine, com um olhar, envolve essa Minne tão esbelta no seu vestido transparente.

— Um vestido como esse não pesa muito!

— Pois pesa, sim. E, no entanto, eu não tenho quase nada por baixo: veja...

Ela segura e levanta um pouco a bainha do vestido, como uma bailarina excêntrica. Antoine entrevê as meias de fio de escócia abertas sobre os tornozelos nacarados, as calcinhas rendadas amarradas acima dos joelhos... As cartas do jogo de paciência escorregam de suas mãos trêmulas, caindo no chão...

"Não serei tão bobo como da última vez", pensa ele, transtornado.

Ele engole uma grande porção de saliva e consegue simular indiferença:

— Isso é por baixo... mas você sente calor em cima, debaixo do corpete?

— Meu corpete? Mas só estou usando o sutiã embaixo da blusa... pegue!

Ela se oferece de costas, a cabeça virada para ele, arqueada, e os cotovelos levantados. Ele estende as mãos rápidas, procurando os pequenos seios... Minne, em quem ele mal tocou, salta para longe, com um grito de ratinho, e ri tão convulsivamente que chega a ficar com os olhos marejados.

— Burro, burro! Isso é proibido! Não me toque debaixo dos braços! Acho que vou ter uma crise de nervos.

Está nervosa, ele a acha provocante. Por outro lado, ele roçou debaixo do braço úmido da menina e que perfume!... Tocar a pele de Minne, a pele oculta que jamais vê o sol, folhear as suas roupas de baixo brancas como se toca em uma rosa — oh, sem lhe fazer mal, só para ver... Ele se esforça para ser suave, sentindo suas mãos singularmente sem jeito e pesadas...

— Não ria assim tão alto! — sussurra, avançando para ela.

Ela se tranquiliza lentamente, mas ainda ri estremecendo os ombros, secando os olhos com a ponta dos dedos:

— Isso é bom, eu não consigo impedir. Mas não recomece!... Não, Antoine, ou eu grito!

— Não grite! — suplica ele baixinho.

Mas, como continua a avançar, Minne recua, os cotovelos apertados na cintura para defender o lugar das cócegas. Mas logo bloqueada pela porta, apoia-se, estende as mãos, que ameaçam e suplicam... Antoine agarra seus finos punhos, separa seus braços temerosos e pensa então que dois outros braços seriam nesse momento bem úteis... Não se atreve a largar os punhos de Minne, calada, vacilante, com olhos que se mexem como água revolvida...

Uns cabelos esvoaçantes roçam o queixo de Antoine e despertam nele um enraivecido desejo que se espalha por todo o seu corpo como um fogo perpassante... Para acalmá-lo, sem largar os punhos de Minne, ele separa ainda mais seus braços, põe-se todo contra ela e se esfrega como um cachorro novo, ignorante e excitado...

Rechaça-o uma ondulação de serpente, os finos punhos se torcem entre seus dedos como pescoços de cisnes que se estrangulam.

— Bruto! Bruto! Me largue!

Com um salto ele recua para a janela e Minne fica contra a porta como que pregada, uma gaivota branca de olhos negros e agitados... Ela não entendeu bem, mas se sentiu ameaçada. Esse corpo de rapaz apoiado contra o seu, tão forte que ela ainda sente os seus músculos rijos, os ossos agressivos... E, tomada por uma cólera tardia, quer falar, injuriar, e derrama grandes lágrimas quentes, escondidas no avental levantado...

— Minne!

Antoine, espantado, olha-a chorar, atormentado de dor, de remorsos, e também do medo de que Mamãe volte...

— Minne, por favor!

— Sim — soluça ela —, eu vou contar... vou contar...

Antoine joga o lenço no chão com um movimento raivoso:

— Claro! "Eu vou contar a Mamãe!" As meninas são todas iguais, elas só sabem contar! Você não é melhor que as outras!

Imediatamente Minne descobre um rosto ofendido onde os cabelos e as lágrimas correm juntos como num riacho.

— Ah, sim, você acredita nisso? Com que então eu só sou boa para contar as coisas? Ah, então eu não sei guardar segredos? Existem meninas, senhor, que são ofendidas e brutalizadas...

— Minne!

— ...e capazes de sentir mais mágoa do que supõem alguns colegiais!...

Essa palavra inocente, "colegial", fere Antoine no ponto sensível. Colegial! Está dito tudo: a idade difícil, as mangas muito curtas, o bigode ralo, o coração dilatado por um perfume, por um murmúrio de saias, os anos de espera melancólica e febril... A raiva repentina que toma Antoine livra-o de sua perturbada embriaguez: Mamãe pode entrar, ela encontrará primo e prima de pé um defronte do outro, medindo-se com esse gesto do pescoço tão familiar aos galos e às crianças birrentas. Minne, desgrenhada como uma galinha branca, o coque em pé de guerra, as musselinas amassadas; Antoine, inundado de suor, levanta as mangas de seda vermelha da maneira menos cavalheiresca... E Mamãe aparece, árbitro vestindo percal claro, trazendo nas mãos abertas dois pratos de ameixas douradas...

Essa noite Minne medita em seu quarto antes de despir-se. Em volta de uma fita branca, enrola lentamente o último cacho de seus cabelos e permanece imóvel, em pé, os olhos abertos e cegos sob a luz da pequena lâmpada. Todos os seus cabelos enrolados, atados com fitas brancas, a adornam extravagantemente de seis caracóis dourados, dois sobre a testa, dois sobre as orelhas, dois sobre a nuca, dando-lhe o ar de uma aldeã de cabelo encrespado...

As janelas fechadas tornam o ar pesado e se escuta distintamente, na espessura da madeira, o minucioso trabalho do cupim. Se fossem abertas, os mosquitos se precipitariam de encontro à lâmpada, cantariam nos ouvidos de Minne, que saltaria como uma cabra, e jaspeariam suas delicadas faces de mordidas e inchações rosas...

Em vez de se despir, Minne sonha, boca pensativa, olhos fixos e negros onde se reflete, pequena, a imagem da lâmpada. Belos olhos sonambúlicos embaixo de sobrancelhas de veludo louro, cuja curva nobre empresta tanta seriedade a esse rosto infantil...

Minne pensa em Antoine, na loucura que de repente o fez ficar brutal e trêmulo. Ela não sabe até onde teria chegado a briga, mas dedica ao colegial um rancor surdo pelo fato de ter sido Antoine e não outro. Ela sofre sozinha, diante de si mesma, como se um desconhecido a houvesse beijado na escuridão por engano. Nada de indulgência, nem sequer física, pelo pobre pequeno macho ardente e desajeitado; Minne protesta, com todo o seu ser, contra um erro de pessoa. Se o despreocupado dorminhoco do bulevar Berthier tivesse, à passagem de Minne, saído de seu sono ameaçador, se as mãos úmidas e finas tivessem agarrado os punhos da menina, e se um corpo demasiado flexível, com um aroma de preguiça e areia quente, se tivesse apertado contra o seu, Minne estremece ao pressentir que um tal assalto, reforçado de gestos carinhosos, de olhares insultantes, a teria deixado submissa, surpreendida apenas!...

"É preciso esperar, esperar ainda", sonha obstinadamente. "Ele fugirá da prisão e virá me esperar na esquina da avenida Gourgaud. Então eu irei com ele. Ele me imporá a seu povo, me beijará — na boca — diante de todos, enquanto eles resmungarão de inveja... Nosso amor crescerá com o perigo cotidiano..."

"A Casa Seca" estala. Tão leve como um vestido que se arrasta, um vento quente varre, lá fora, as flores caídas do jasmim de Virginie...

"Já se viram coisas mais ridículas!", concluiu Antoine consigo mesmo. Ele espalha pontinhos de tinta sobre a tampa da sua carteira, morde a caneta de cerejeira perfumada. A versão de latim o repugna quase que fisicamente; sente prematuramente o desfalecimento do recomeço das aulas que faz empalidecer os colegiais na manhã de primeiro de outubro... À medida que setembro vai passando, a alma de Antoine se volta desesperadamente para Minne, Minne branca com reflexos dourados, Minne imagem refrescante de um julho livre, de um belo mês, novo e brilhante como uma moeda virgem, Minne fugidia, tão intocável quanto as horas, Minne e as férias! Oh! Conservar Minne, apossar-se pouco a pouco de sua duplicidade velada de candura. Existe uma solução, um arranjo, uma conclusão luminosa e natural... "Já vimos", repete para si mesmo pela vigésima vez, "coisas mais ridículas que noivados longos entre um rapaz de dezoito anos e uma moça de quinze... Por exemplo, nas famílias reais..." Mas para que argumentar? Minne quererá ou não, eis tudo. Um meneio de cabeça de uma menina com cabelos dourados pode chegar a mudar o mundo...

Soam onze horas. Antoine se levantou, trágico, como se esse relógio Luís-Filipe soasse sua última hora... O espelho da lareira reflete a imagem resoluta de um rapaz com um nariz aventureiro onde os olhos, sob o abrigo cabeludo das sobrancelhas, dizem: "Vencer ou morrer." Ele atravessa o corredor, bate à porta de Minne com dedos firmes... Ela está sozinha, sentada, e franze um pouco as sobrancelhas porque Antoine bateu na porta.

— Minne?

— Sim?

Ela não disse mais que uma palavra. Mas essa palavra, essa voz, significam tantas coisas secas e desagradáveis, tanta desconfiança e polidez exagerada... O valoroso Antoine não esmorece:

— Minne! Minne... você me ama?

Habituada às maneiras incoerentes desse selvagem, ela o olha de perfil, sem virar a cabeça. Ele repete:

— Minne, você me ama?

Uma intraduzível expressão de ironia, de piedade negligente, de inquietude, anima esse olho negro, desliza entre os cílios louros; um disfarçado sorriso estica-lhe a boca nervosa... Em um segundo, Minne tornou a vestir suas armas.

— Se eu o amo? Claro que o amo.

— Eu não lhe pergunto se é claro; eu lhe pergunto se você me ama.

O olho negro se virou. Minne olha para a janela, mostrando somente um perfil quase irreal de tão frágil, com linhas fundidas na claridade dourada...

— Preste atenção, Minne. É uma coisa muito séria o que eu quero lhe dizer. É também uma coisa muito séria o que vai me responder... Minne, será que você me ama o bastante para casar comigo mais tarde?

Desta vez ela se mexeu. Antoine vê diante de si uma espécie de anjo obstinado, cujos olhos ameaçadores já falavam antes mesmo que sua voz houvesse respondido:

— Não.

Não sente a princípio a dor física prevista, a dor esperada que o teria impedido de pensar. Tem apenas a sensação de que o tímpano furado deixa seu cérebro se encher de água. Consegue, apesar disso, não demonstrar contrariedade.

— Ah?

Minne acha supérflua uma segunda resposta. Ela observa Antoine disfarçadamente, a cabeça inclinada. Um de seus pés bate no chão imperceptivelmente.

— Seria indiscreto, Minne, perguntar as razões de sua recusa?

Ela suspira, com um grande sopro que levanta como penas os cabelos espalhados sobre o rosto. Pensativamente, morde a unha do dedo, contempla amigavelmente o infeliz Antoine, que, teso, como numa parada, estoicamente deixa o suor escorrer ao longo de sua testa, e por fim se digna a responder:

— É que eu estou noiva.

Ela está noiva. Antoine não consegue obter mais do que isso. Todas as perguntas encalharam diante desses olhos sem fundo, dessa boca fechada sobre um segredo ou uma mentira... Agora só em seu quarto, Antoine crispa as mãos nos cabelos e tenta refletir...

Ela mentiu. Ou então não mentiu. Ele não sabe dos dois qual o pior. "As meninas são terríveis", pensa, ingenuamente. Pedaços de romances passam impressos diante dos seus olhos: "A crueldade da mulher... a duplicidade da mulher... a inconsciência feminina... Eles devem ter sofrido, esses que escreveram isso", pensa com súbita piedade... "Ao menos eles acabaram de sofrer, eu estou começando... E se eu fosse saber da verdade com minha tia?" Sabe bem que não irá e não é somente a timidez que o impede, é que tudo o que vem de Minne é sagrado para ele. Confidências, mentiras, confissões: as preciosas palavras de Minne a Antoine devem morrer com ele, depósito inestimável que ele guardará e defenderá contra todos...

"Minne está noiva." Ele repete para si mesmo essas três palavras, com um desespero respeitoso, como se sua Minne loura houvesse conquistado uma grande graduação; diria mais ou menos da mesma forma: "Minne é chefe de esquadra", ou então: "Minne é a primeira em versão de grego." Coitado, ele não tem culpa de ter apenas dezoito anos.

É um pobre corpo que se revolve, semivestido, na cama de Antoine. O pobre rapaz sofre, nos seus suspiros de lenhador, para compreender o seguinte: que a dor é capaz de incendiar os sentidos, e que ele, sem dúvida, terá de amadurecer muito para sofrer com pureza.

Minne está doente. A casa se movimenta silenciosamente; Mamãe tem os olhos vermelhos num rosto crispado. Tio Paul falou de febre de crescimento, de males femininos, de problemas gástricos... Mamãe perde a cabeça. Sua querida, seu pequeno sol, seu pintinho branco tem febre e há dois dias está de cama...

Antoine vagueia, pronto para se acusar de tudo o que acontece; pela porta entreaberta do quarto de Minne, desliza seu focinho comprido; mas seus sapatos grossos estalam e uns "psiu! psiu!" o afugentam até embaixo da escada. A custo conseguiu vislumbrar Minne deitada, pálida, na sua cama turca azul e verde... Ela bebe um pouco de leite, muito pouco, com um pequeno barulho de seus lábios ressecados e logo cai, suspira... Se não fossem as olheiras arroxeadas e essa ruga no canto das aletas finas do nariz, poder-se-ia dizer que ela está deitada por capricho. Somente à noite, quando Mamãe fechou as cortinas, acendeu a lamparina no vidro azul, é que Minne suspira mais forte, agita as mãos, senta-se, torna a deitar-se e começa a murmurar coisas indistintas: "Ele dorme... finge que dorme... a rainha... a rainha Minne", frases curtas e pueris, à maneira de uma criança que sonha alto...

Em um amanhecer de cerração vermelha, que cheira a musgo úmido, a cogumelo e fumaça, Minne acorda, declarando que está curada. Antes que Mamãe acredite na sua alegria, Minne boceja, mostra uma língua pálida mas limpa, estira-se ao comprido na cama e pergunta cem coisas: "Que horas são? Onde está Antoine? O dia está bonito? Posso tomar chocolate?..."

Dois dias mais tarde, ela degusta com uma fatia de pão o leite branco e o creme amarelo de um ovo quente. Minne gulosa, bem apoiada entre dois travesseiros, brinca de convalescente. O ar delicioso, pela janela aberta, infla as cortinas e faz pensar no mar...

Minne vai se levantar amanhã. Hoje está muito úmido e as folhas gotejam. O vento do oeste canta embaixo das portas com uma voz de inverno, uma voz que dá vontade de assar castanhas na brasa. Minne aperta sobre os ombros um grande xale de lã branca e seus cabelos trançados mostram as orelhas de porcelana rosada. Ela permite que

Antoine lhe faça companhia e ele demonstra uma gratidão discreta de cachorro recolhido. O queixo delgado de Minne o enternece até as lágrimas: queria tomar nos braços essa criança, niná-la e adormecê--la... Por que não pode deixar de ler nos seus misteriosos olhos negros tanta malícia e tão pouca confiança? Antoine já leu em voz alta, falou da temperatura, da saúde de seu pai, da partida próxima e esse olhar penetrante não desarma! Vai prosseguir a leitura do romance começado, mas uma afilada mão se estende fora da cama e o detém:

— Chega — suplica Minne. — Estou cansada.

— Quer que eu vá embora?

— Não... Antoine, escute! Aqui eu só tenho confiança em você... Você poderia me prestar um grande favor?

— Sim?

— Você vai escrever uma carta para mim. Uma carta que Mamãe não deve ver, compreendeu? Caso Mamãe me veja escrevendo na cama, certamente vai perguntar para quem estou escrevendo... Assim, você escrevendo naquela mesa está me fazendo companhia e ninguém tem nada com isso... Eu queria escrever a meu noivo.

Ela pode observar o rosto do primo sob o efeito desse golpe. Antoine, que progrediu muito, nem se mexeu. Com o convívio de Minne, ele adquiriu o senso do extraordinário e do variável. Simples como a ferocidade de Minne, uma ideia lhe vem à cabeça: "Vou escrever sem deixar transparecer nada; saberei quem *ele* é e então o matarei."

Sem nada dizer, segue docemente as instruções de Minne.

— Na minha pasta... não, esse papel não... o branco sem as iniciais... temos de tomar nossas precauções, ele e eu!...

Quando ele acaba de sentar umedecendo a pena nova e firmando a mão, ela dita:

— "Meu bem-amado..."

Ele nem estremece. Também não escreve nada. Olha para Minne profundamente, sem raiva, até que ela se impacienta.

— Então, vamos, escreva!

— Minne — diz Antoine com uma voz mudada e lenta —, por que você faz isso?

Ela cruza o xale branco sobre o peito, com um gesto de desafio. Uma emoção nova enrubesce suas faces transparentes. Antoine lhe parece estranho, e agora é sua vez de olhá-lo com um ar longínquo e perscrutador. Talvez tenha descoberto, por um breve instante, num momento de arrependimento, um Antoine que será, dentro de cinco ou seis anos, grande, forte, desenvolto e à vontade na sua pele como numa roupa sob medida, guardando apenas do que é agora seus olhos doces de bandido negro?...

— Por quê, Minne? Por que você faz isso comigo?

— Porque só confio em você.

Confiança! Ela descobriu a palavra-chave para destruir a vontade de Antoine... Ele obedecerá, escreverá a carta, possuído por essa onda de covardia sublime que já absolveu tantos maridos complacentes, tantos amantes humildes que dividem com outros o seu amor...

— "Meu bem-amado, que seus olhos queridos não se espantem com esta letra que não é a minha. Estou doente e alguém que me é muito devotado..."

A voz de Minne hesita, parecendo traduzir palavra por palavra um texto difícil...

— "... alguém que me é muito devotado... quer te dar notícias minhas para que você se tranquilize e possa dedicar-se inteiramente à sua perigosa carreira..."

"Sua perigosa carreira!", rumina Antoine. "Será chofer?... ou ajudante de domador de Bostock?"

— Pronto, Antoine?... "Sua perigosa carreira. Meu bem-amado... quando me encontrarei novamente em seus braços respirando seu amado perfume..."

Uma onda grande e amarga invade o coração daquele que escreve. Ele suporta tudo isso como num sonho doloroso, onde se sofre até a morte sabendo que é só um sonho...

— "Seu amado perfume... Às vezes gostaria de esquecer que já fui sua..." Pronto, Antoine?

Não, ele não está. Volta para ela um rosto de afogado, um rosto feio e crispado que nesse instante irrita Minne:

— Então, continue!

Ele não continua. Sacode a cabeça como para espantar uma mosca... Por fim, ele diz:

—Você não está dizendo a verdade. Ou então perdeu a cabeça. Você não pertenceu a um homem.

Não há nada que irrite mais Minne do que duvidarem dela. Com uma graça brusca, recolhe as pernas escondidas. Os brilhantes olhos negros, abertos, ferem Antoine com sua ira:

— Sim! — grita ela. — Eu pertenci a ele.
— Não!
— Sim!
— Não!
— Sim!...
E lança como um argumento sem réplica:
— Sim, afirmo que sim, pois ele é meu amante.
O efeito dessa palavra tão categórica sobre Antoine é inesperado. Toda a sua atitude obstinada e tensa se acalma. Coloca a caneta cuidadosamente na borda do tinteiro, levanta-se sem derrubar a cadeira e aproxima-se da cama onde Minne palpita. Ela só vê as pupilas de Antoine, a singular ferocidade doce de um animal prestes a saltar...
— Você tem um amante? Você dormiu com ele? — pergunta ele bem baixinho.
Como sua voz se apoia, quase melodiosa, sobre as últimas palavras... O forte rubor de Minne confessa, crê ele, sua culpa.
— Certamente, cavalheiro! Eu dormi com ele!
— É verdade? Então onde?
Numa troca de papéis que ela não percebe, é Minne que responde embaraçada a um Antoine agressivo, dotado de uma lucidez que ela não havia previsto...
— Onde? Isso lhe interessa?
— Sim. Isso me interessa.
— Pois bem. À noite, sobre os taludes das fortificações.
Ele reflete e lança para Minne um olhar de contido desdém.
— À noite... nos taludes... Você saía de casa? Sua mãe não sabe de nada? Não, quero dizer: é alguém cuja presença você não podia explicar a sua mãe?
Ela anui com uma séria inclinação de cabeça.
— Alguém... de condição inferior?
— Inferior!
Recuperada, trêmula, ela o fulmina com o sombrio brilho de seus grandes olhos abertos; suas nobres e pequenas narinas, apertadas e ferozes, palpitam. "Inferior!" Inferior, esse amigo silencioso e ameaçador, cujo corpo flexível caído no meio da calçada fingia uma morte graciosa!... Narciso de jérsei listrado desmaiado à beira de uma fonte... Inferior, o herói de tantas noites, que esconde em suas roupas a faca tépida e traz as marcas róseas de tantas unhas apavoradas!...

— Eu lhe peço perdão, Minne — diz Antoine, muito carinhoso. — Mas... você falou em carreira perigosa... O que é que ele faz então, o seu... o seu... amigo?

— Não posso lhe dizer.

— Uma carreira perigosa... — prossegue Antoine, paciente e cauteloso. — Existem muitas carreiras perigosas... ele poderia ser um telhador de casas... ou um chofer de táxi...

Ela olha-o com olhos assassinos:

—Você quer saber o que ele faz?

— Sim, gostaria muito...

— Ele é um assassino.

Antoine ergue as sobrancelhas de Mefistófeles provinciano, abre uma boca embasbacada e estala numa juvenil gargalhada. Essa boa e grossa brincadeira o tranquiliza, e ele bate em suas pernas com um ar mais convencido do que distinto...

Minne estremece; em seus olhos, onde se vê um pôr do sol vermelho de setembro, passa o claro desejo de matar Antoine...

— Você não acredita em mim?

— Sim... sim... Oh, Minne! Como você é maluca!

Minne não conhece nem a razão nem a paciência:

—Você não acredita em mim? E se eu o mostrasse? Se eu o mostrasse vivo? Ele é lindo, lindo como você jamais será, ele tem um jérsei azul e vermelho, um gorro com quadrados pretos e violeta, as mãos doces como as de uma mulher; todas as noites ele mata horríveis velhas que guardam seu dinheiro nos colchões, velhos abomináveis que se parecem com o tio Corne! Ele é o chefe de um bando terrível, que aterroriza Levallois-Perret. À noite ele me espera na esquina da avenida Gourgaud...

Ela para, sufocada, procurando a última flecha para enterrar.

— ... é lá que ele me espera, e, quando mamãe vai se deitar, eu vou encontrá-lo, e nós passamos a noite juntos.

E já não aguenta mais, encostando-se nas almofadas, esperando que Antoine estoure. Ele, porém, aparenta uma inquietude circunspecta e a preocupação de haver provocado em Minne a volta da febre, um ligeiro delírio.

— Minne, eu vou embora...

Ela subitamente fecha os olhos, pálida e desiludida:

— É isso: vá embora!

—Você não está zangada comigo, Minne?
Ela diz "não, não" com um movimento irritado.
— Boa noite, Minne...
Ele segura no lençol uma mãozinha seca, quente e inerte, hesita em beijá-la, abandonando-a de novo suavemente, docemente, como se fora um objeto delicado do qual ele não sabe como se servir.

Depois que Minne se foi da "Casa Seca", muitos domingos se passaram, reunindo em torno da torta tradicional tio Paul e Antoine. Minne afasta deles seus olhos selvagens porque a figura de tio Paul, amarelo e enrugado, ofende a sua fresca e cruel juventude, porque Antoine, com seu uniforme preto de botões dourados, recuperou novamente seu ar desajeitado de garoto que cresceu muito depressa, cozido pelo sol...

Minne voltou às suas aulas diárias e nem mesmo procura mais, na esquina da avenida deserta, o desconhecido que é objeto de todos os seus sonhos: a calçada cintila sob os aguaceiros ou ressoa sob os saltos dos sapatos, como nas manhãs de dezembro. À noite Mamãe borda embaixo da lâmpada, vira-se às vezes para escrutar inocentemente o rosto de sua querida e torna a cair na sua paz ativa de mãe carinhosa e cega... Não se deve querer mal a Mamãe, só porque Deus a dotou de um dom de amor sem discernimento. Tantas honradas galinhas protegeram, sob suas asas recortadas, o voo azul e verde metálico de um belo pato selvagem!

"É ele. É ele. Reconheço seu andar!"

Minne, agachada a ponto de cair, crispa sobre o parapeito da janela suas duas mãos, que a exaltação gela... Seus olhos, seu coração o reconheceram, em meio à obscuridade...

"Ninguém mais sabe andar desse jeito... Como é flexível! A cada passo pode-se ver balançar as cadeiras... Parece que a prisão o emagreceu... Será o mesmo gorro de quadrados pretos e violeta? Ele me espera! Ele voltou! Quisera que me visse... Está indo embora... Não, está voltando!"

É um esbelto vagabundo de uma flexibilidade desossada que fuma e passeia. A claridade de uma janela aberta, a essa hora, o surpreende: ele levanta a cabeça. Minne, perturbada, juraria reconhecer nesse rosto levantado uma palidez única e a fumaça do cigarro sobe até ela como incenso.

— Psiu! — faz Minne.

O homem se vira de maneira sinuosa, que revela a fera sempre à espreita. É essa menina lá em cima? A que está chamando?

Uma vozinha leve pergunta:

—Você veio me buscar? Tenho de descer?

De qualquer modo, porque a silhueta é magra e jovem, o homem faz com as duas mãos um gesto obsceno e gozador como resposta. "Certo, este é o sinal!", diz Minne consigo mesma. "Mas não posso descer assim."

Febrilmente, ela recomeça com os enfeites extravagantes do ano passado — o lenço vermelho no pescoço, o avental de bolsos, o coque — oh! esta travessa que escorrega o tempo todo!... Será preciso um casaco? Não! Não se tem frio quando se ama... Depressa, agora é só descer!

Os pés saltitantes de Minne, calçados de chinelas vermelhas, apenas roçam o tapete... De repente um barulho terrível. Minne, na sua pressa, esqueceu o décimo oitavo degrau, que, solto, geme como uma porta enferrujada... Deita-se, cola as mãos na parede, contendo a respiração... Na casa nada se mexeu. Embaixo, os ferrolhos de segurança obedecem à pequena mão que tateia: a porta se abre silenciosamente; mas como fechá-la sem barulho?

"Pois bem, ficará aberta!"

Está fresco, quase frio. O vento, que já não agita as folhas dos plátanos desnudos, faz tremer a claridade dos bicos de gás...

"Onde está ele?"

Ninguém na avenida... Que direção tomar? Desolada, Minne torce infantilmente as mãos nuas... Ah! Lá longe, um vulto está desaparecendo...

"Sim, sim, é ele."

Com uma mão no coque que balança, a outra segurando a saia leve, ela parte. O inusitado da hora e a gravidade do que está fazendo conduzem Minne com seus pés, que apenas tocam o chão. Sem nenhuma surpresa ela estenderia os braços e voaria. Diz para si mesma: "É minha alma que corre." É preciso correr, ser muito rápida, pois a grande silhueta daquele que ela segue não é mais do que uma ondulante larva perto da Porta Malesherbes...

Cruzando a avenida Gourgaud, Minne atinge as grades da estrada de ferro, o bulevar Malesherbes... Com Célénie e mesmo com Mamãe, ela nunca foi tão longe. O bulevar prossegue, margeado de árvores. Meu Deus, aonde terá ido Cabelo de Anjo? Ela não ousa gritar e não sabe assobiar... Ali, é ele... não, é só uma árvore grande... Ah, lá está ele... Parando um instante para acalmar seu coração acelerado, ela parte novamente, encontrando alguém que parece esperar, alguém mudo que esconde embaixo da aba de um chapéu de feltro a parte superior de um rosto anônimo...

— Desculpe, senhor...

A pequena voz sufocada a custo consegue falar. O homem apenas mostra de si, sob a luz de gás esverdeada, um queixo azulado por uma barba de três dias... Não tem testa, nem olhos, mesmo as mãos não são visíveis, enfiadas nos bolsos... Minne, porém, não tem medo desse manequim sem rosto, que parece vazio, alto como uma armadura antiga...

— Senhor, por acaso não viu passar um... um homem que ia por ali, um homem alto que ginga um pouco quando anda?

Os ombros do homem sobem e descem. Minne sente sobre si um olhar que não vê e se impacienta:

— Ele deve ter passado perto do senhor...

Seu pequeno rosto voluntarioso bravamente procura o rosto das sombras. Está com as faces vermelhas da corrida, seus olhos refletem o lampião de gás como duas poças d'água, abre e fecha a boca esperando uma resposta, bate com os pés no chão. O homem vazio encolhe os ombros e por fim diz com uma voz surda:

— Ninguém.

Sacudindo furiosamente a cabeça, ela parte mais depressa, enlouquecida pelo tempo perdido e quase chorando de angústia.

Desse lado está mais escuro. Mas a encosta não muito íngreme é boa para correr, e ela corre, corre, somente ocupada em segurar o coque que a perturba... Acaba tropeçando em uma pacífica dupla de policiais que sobe o bulevar. O choque com um ombro quadrado a faz cambalear e ela distingue estas palavras ríspidas:

— Que trastezinho maldito é esse?

Ela corre, o vento sibila nos seus ouvidos, vai andando reto. O Cabelo deve ter seguido as fortificações que constituem para ele um reino disputado, um asilo pouco seguro... No fundo da vala um trem sobe, passa por Minne jogando uma nuvem de fumaça. Ela diminui o andar, os pés cansados, olha, cabeça baixa, os chinelos com as pontas afiladas já manchadas de barro, e depois encosta-se na grade para seguir o olho vermelho do trem: "Onde estou?"

A cinquenta metros um vão de sombra fecha a rua, um negro portal, em cima do qual passa um bicho grande e vivo, com penachos de fumaça, esburacado de fogos vermelhos e amarelos...

"Outro trem! Está passando por cima do bulevar. Eu não conhecia esta ponte... Se é um de seus abrigos, ele está lá, à minha espera."

Ela corre com os lábios tremendo. Suas decisões prosseguem, fáceis, irrefutáveis, com a segurança que só o amor dá. Sua mão, que segura o alto do coque, parece loucamente levantá-la no ar com três dedos delicados, e o vento lhe resseca a garganta...

Não se assusta com a negra boca do trem que cresce à sua frente. Adivinha que é o umbral de uma outra vida, o aspecto sagrado dos mistérios... Mechas soltas, escapadas de sua travessa, a seguem horizontalmente, ou então, caindo sobre a nuca, palpitam vivas como plumas... Qualquer coisa se mexeu, mais negra que a sombra avermelhada, qualquer coisa sentada no chão, embaixo do halo do nevoeiro irisado da nuvem da luz do gás... Será ele?... Não, uma mulher agachada, duas mulheres, um homem muito pequeno e magro. Os pés silenciosos de Minne não se fazem anunciar. Ademais, a ponte vibra ainda com um rugido surdo...

Correndo, a criança força os olhos para distinguir, entre essas silhuetas aterradoras, a estatura mais nobre daquele a quem persegue. Ele não está lá. Aqueles são correligionários, talvez seus súditos: o homem — uma espécie de criança raquítica, sentada na calçada — veste o jérsei conhecido, o mole gorro de pano grudado no crânio. Atrás do grupo, uma floresta de colunas estriadas se destaca.

"É como em Pompeia", observa Minne, oculta na sombra de uma coluna.

Uma das duas mulheres acaba de levantar-se; veste um avental, um corpete berrante e pobre, usa um coque em cima da cabeça, de um negro metálico tão liso, tão esticado que brilha como a carapaça de um inseto agressivo. Minne olha avidamente e compara: o que lhe falta é justamente essa elegância particular do penteado, onde nenhum fio de cabelo se escapa, é esse corpete de lã vermelha com uma borboleta de renda ordinária agarrada ao pescoço. É principalmente alguma coisa indefinível, um ar agressivo e desolado, esse cinismo e esse relaxamento de animal que vive, alimenta-se, coça-se e se satisfaz ao ar livre... "Doravante estes serão os meus", diz Minne orgulhosa para si mesma. "Se eu perguntar eles me dirão onde me espera o Cabelo de Anjo..."

A mulher que se levantou estica os braços masculinos com um bocejo que mais parece um rugido: veem-se umas costas largas, cortadas pela saliência do espartilho. Ela tosse convulsivamente e profere o nome de Deus com uma voz esgotada.

"Preciso me decidir!", exclama Minne para si mesma. O coque seguro, as mãos nos bolsos em forma de coração, sai de sua guarita de sombras e se adianta com um pé aparecendo na barra da saia:

— Por favor, minhas senhoras, não viram passar um homem alto que ginga um pouco quando anda?

Ela falou alto, depressa, uma atrizinha com mais ardor do que experiência. As duas mulheres, com as costas coladas ao muro, olham estupidamente para essa criança disfarçada.

— O que é isso? — pergunta a voz esgotada da que tossia.

— É uma fedelha — diz a outra. — Ela é engraçada.

O alfenim, sentado embaixo como um sapo, ri convulsivamente e eleva a voz anasalada de corcunda:

— O que está procurando, garota?

Minne, ofendida, humilha o aborto com um olhar majestoso:

— Eu procuro o Cabelo de Anjo.

O aborto se levanta cerimoniosamente, descobrindo na ocasião uma cabeça com pouquíssimos cabelos:

— Cabelo de Anjo sou eu, para vos servir...

Sob o riso das duas mulheres, Minne franze as sobrancelhas e se dispõe a partir quando o vagabundo se aproxima mais ainda e deixa escapar estas palavras muito confidencialmente:

— Os meus cabelinhos de anjo só se podem ver na intimidade.

Depois, como estende velhacamente a mão para a cintura de Minne, esta estremece dos pés à cabeça e foge, perseguida por um ruído ágil de chinelos, interrompido pela voz das duas mulheres:

— Antonin, Antonin, deixe a fedelha em paz!...

Não é o medo que faz saltar tanto o coração e os pés alados de Minne, mas sim o orgulho ofendido, a humilhação incendiada de uma rainha abraçada por um criado. "Eles não adivinharam quem eu era. Infelicidade deles se os pego novamente. Eu contarei a ele... mas onde achá-lo, meu Deus?..." Ela anda depressa, já muito cansada para correr. Essa rua e esse talude, há quanto tempo que ela o percorre? Como há pouca gente essa noite! Onde estarão eles? Talvez uma grande reunião numa pedreira?... Senta-se num banco para tirar a areia dos sapatos, as pedrinhas pontudas. Mas um casal abraçado, que com sua proximidade se separa, enxota-a com palavras cujo sentido lhe parece obscuro...

Um "psiu" saído do talude a faz parar:

— É você? — pergunta ela.

— Sim, sou eu — responde uma voz de falsete deliberadamente disfarçada.
— Você quem?
— Mas sou eu, o gostoso, o bem-servido...
— Não é você que eu procuro — responde Minne, severamente.

Ela parte novamente afastando-se um pouco para deixar passar uma tropa de carneiros: pequenos tamancos secos crivando-se no chão, balidos em escalas pouco harmônicas, cheiro que lembra a paz do campo, queijo e coalhada. Minne escuta a respiração dos cães que vão e vêm roçar de garupas lanosas. Eles passam como granizo, e Minne crê por um instante que levaram consigo todos os ruídos da noite... Mas um trem aparece ao longe, precipita-se raivoso, cuspindo pela ilharga uma metralha de carvões vermelhos...

Encostada em uma árvore, Minne parou de andar. Ela repete ainda, para combater o cansaço: "Vou acabar encontrando-o, é uma questão de perguntar... Também é minha culpa, perdi muito tempo me embelezando... Será que ele pensa que duvidei dele? Não, nunca duvidei. Não duvido dele mais do que de mim mesma!"

De pé novamente, escovando com as duas mãos os cabelos prateados, desafia a noite com seus olhos tão negros quanto ela. Levanta os pés doloridos, e à luz de um lampião enfumaçado de bruma olha suas mãos rígidas de frio, e ri consigo mesma um pequeno riso irônico e triste: "Se Mamãe estivesse aqui, ela não deixaria de dizer: 'Minha querida Minne, não valeu a pena eu ter comprado para você luvas de lebre brancas.' Mas não é isso que me preocupa... Se ao menos eu tivesse uma escova ou um trapo para tirar o barro dos sapatos!... Aparecer diante dele com os pés enlameados!..."

Procurando um pouco de capim para limpar a sola do sapato, ela atravessa a avenida deserta e estremece. Vira uma mulher que a percorre, com passos cansados de um animal acostumado a não encontrar a saída de sua jaula. Está penteada como uma armadura de amor e de batalha, usa um avental de algodão e sapatos de laços, encharcados pelas poças d'água...

— Senhora! — exclama Minne, decidida, pois a criatura se afasta, ciosa de sua solidão de fera assustada, que caça sozinha e se contenta com ínfimas presas. — Senhora!

A mulher se vira, mas continua recuando. É um ser masculinizado e atarracado, uma figura violácea, pequenos olhos desconfiados de suíno... Minne, que a acha um pouco parecida com Célénie, retoma sua atitude mais majestosa e pergunta com arrogância, por cima de seus cabelos despenteados:

— Senhora, parece... Eu me perdi. Poderia me informar o nome desta avenida?

Uma voz sem timbre, como desses cachorros de fazenda que dormem do lado de fora, responde após um silêncio:

— Está escrito nas placas, pelo que sei.

— Sei disso — responde Minne, impertinente. — Mas eu não conheço o bairro. Procuro alguém... E alguém que a senhora certamente conhece.

— Alguém que eu conheço? — A virago repete as últimas palavras de Minne com uma voz grossa, onde se arrasta um vago acento campesino. — Não conheço muita gente.

Minne quer rir e tosse porque tem frio.

— Não tenha segredos comigo, eu sou das suas... ou serei!

A mulher, que ainda mantém distância, não parece ter compreendido. Ela levanta a cabeça em direção ao céu escuro e para dizer alguma coisa comenta:

—Vai chover ainda antes do amanhecer...

Minne bate com o pé. Chover! Animal inferior! A chuva, o vento, o raio, o que importa tudo isso? Existem somente as horas do dia e as horas da noite. De dia dorme-se, fuma-se, sonha-se... Mas, durante a noite, tenda aveludada, mata-se, ama-se, sacodem-se as moedas de ouro ainda tintas de sangue... Ah, encontrar o Cabelo, esquecer em seus braços uma infância de escravidão, obedecer apaixonadamente a ele, somente a ele... Minne se impacienta, cheira a noite, novamente possuída de febre e entusiasmo...

— Você parece muito jovem — murmura a voz surda de cão de guarda rouco.

Minne olha para a mulher com certa arrogância:

— Muito jovem! Farei dezesseis anos daqui a oito meses.

— Faça-os logo, é mais seguro.

— Ah!

—Você trabalha só?

— Eu não trabalho — diz Minne, orgulhosa. — Os outros trabalham para mim.

—Você tem muita sorte... São irmãs menores ou maiores que você?

— Não tenho irmãs. E ademais o que é que a senhora tem com isso? Queria apenas saber... procuro Cabelo de Anjo. Tenho algo a dizer-lhe, algo realmente muito sério.

O monstro triste se aproximou para melhor olhar essa menina frágil, que fala como se estivesse em sua casa, que está fantasiada como para um carnaval, despenteada que é uma vergonha e que pergunta pelo Cabelo de Anjo...

— Cabelo de Anjo? Que Cabelo de Anjo?

— O Cabelo, ora! Aquele que estava com Chapéu de Cobre, o chefe dos Aristocratas de Levallois-Perret.

— Aquele que estava com Chapéu de Cobre? Aquele que... Será que eu conheço gente dessa espécie? Quem me condenou a um lixo assim?

— Mas...

— Fique sabendo, pequena escrota, que sou uma mulher honesta, e que ninguém jamais viu um proxeneta grudado às minhas saias desde a exposição de 89! Essa conversa não tem pé nem cabeça: você vem falando de quadrilha, de Cabelo de Anjo, disto e daquilo. Dê o fora daqui ou lhe meto a mão!

"Se eu contasse ninguém acreditaria."

Minne sentou-se sem fôlego na beira da calçada, livre enfim da perseguição da horrível megera, que se precipitou sobre ela com saltos de batráquio e ameaças incompreensíveis... Transtornada, Minne correu para o outro lado do bulevar, para uma pequena rua, depois para outra, até esse beco negro e deserto onde o vento canta como nos campos, gelando os ombros úmidos de Minne, que encolhe os cotovelos, tosse e procura compreender.

"Sim, é extraordinário! Todos me tratam como inimiga! Muitas coisas me escapam... De todo modo, há muito tempo que estou andando: não aguento mais..."

O cansaço dobra suas costas, verga-lhe a loura e despenteada cabeça até os joelhos; pela primeira vez depois de sua fuga, Minne se lembra de uma cama quentinha, de um quarto branco e cor-de-rosa... Envergonha-se de se sentir curvada e covarde, a roupa imunda e uma tensão horrível nas costas... É preciso recomeçar tudo, voltar, esperar de novo a vinda de Cabelo, fugir novamente, enfeitada, febril. Ah, que pelo menos essa noite venha completa e transbordante de amor. Que um braço, cuja força traidora adivinha, guie seus primeiros passos, que uma infalível mão tire, um a um, todos os véus que escondem o desconhecido, pois Minne se sente esgotada até o sono, até a morte.

Desperta com o silêncio e também com o frio. "Onde estou?" Depois de alguns minutos de torpor à beira de uma calçada, ei-la afastada, separada do mundo real, inconsciente da hora, quase a acreditar que um pesadelo a trouxe a uma dessas regiões onde apenas o rosto das coisas imóveis é suficiente para criar um terror sem nome...

Que foi feito da Minne selvagem, amante de um assassino famoso, a rainha do povo vermelho? Pequeno pássaro magro, ela treme de frio sob a sua camiseta rosa de verão, tosse, espia em torno com seus negros olhos aterrorizados e os longos cabelos louros despenteados e tristes. Sua boca treme para reter a palavra que curará todos os seus terrores, aconchegá-la, trazer a luz, o abrigo: "Mamãe..." Essa palavra, Minne só a gritará se sentir que vai morrer, se horríveis animais a levarem, se seu sangue se espalhar por sua garganta aberta, como um pano úmido... Essa palavra, último recurso, não deverá ser usada em vão.

Põe-se de novo a caminho, corajosamente, pensando em coisas razoáveis: "Guardarei o nome da rua, não é mesmo? E depois reencontrarei o caminho de casa, entrarei bem devagar, e tudo estará acabado..."

Na esquina do beco deserto, fica na ponta dos pés para ler: "Rua... rua... que rua é esta?... Talvez eu reconheça a seguinte..."

A rua seguinte está deserta, cheia de saliências no calçamento solto, e montes de imundície... Outra rua, e mais outra, que têm nomes estranhos... E Minne fica com medo, as mãos pendentes, invadida pouco a pouco por um louco temor: "Me levaram, enquanto dormia, para uma cidade desconhecida. Se eu ainda encontrasse um policial... Sim, mas, tal como estou, certamente ele me levaria diretamente para a delegacia."

Segue caminhando, para, o pescoço torcido para poder ler os nomes das ruas, hesita, torna a voltar, procura desesperadamente a saída do labirinto...

"Se eu me sento, morro aqui mesmo."

Esse pensamento sustenta os passos de Minne. Não que a ideia da morte a assuste: mas ela queria, pequeno animal perdido e doente, terminar em sua toca...

O frio mais vivo, o vento que se levanta, barulhos lentos e longínquos de carroças, tudo isso é a manhã que se aproxima, mas Minne não tem consciência de nada. Ela anda, insensível, trôpega, porque seus pés lhe doem, e um de seus chinelos vermelhos perdeu o salto. De repente para, aguça os ouvidos: sente uns passos que se aproximam com o alegre compasso de uma canção...

É um homem. Um "cavalheiro", decerto. Ele anda um pouco pesadamente, um pouco velho, com uma peliça de gola forrada que o esconde. Toda a alma de Minne se agita: "Como ele tem uma expressão bondosa e tranquilizadora! A sua peliça deve ser quente e suave! Calor, meu Deus, um pouco de calor! Parece que não sinto isso há tanto tempo!"

Ia correr, lançar-se-lhe aos braços como se ele fosse seu avô, balbuciar chorando que está perdida, que Mamãe saberá de tudo quando o dia clarear, mas se contém com a prudência que lhe provoca, de súbito, um grande mal-estar: e se o homem, incrédulo, a afastasse de si? Embaixo da chuva fina que começa a cair, Minne ajeita como pode a cabeleira úmida, alisa com a mão gelada as pregas de seu avental cor-de-rosa, procura adquirir um ar natural, desembaraçado, meu Deus, de uma jovem de boa família que se perdeu no caminho enquanto passeava.

"Vou dizer-lhe... como? Vou dizer-lhe: 'Perdão, senhor, poderia me indicar o caminho do bulevar Berthier?'"

O homem está tão próximo que ela pode sentir o cheiro de seu charuto. Ela sai da sombra, avançando embaixo do lampião esverdeado:

— Desculpe, senhor...

Diante da sua esbelta silhueta, de seus cabelos de palha prateada, o transeunte para... "Ele desconfia", suspira Minne, sem ousar continuar a frase preparada...

— O que faz aí essa menina?

Foi o homem quem falou com voz um pouco pastosa, mas extremamente cordial.

— Meu Deus, senhor, é muito simples...

— Sim, sim. A menina me esperava?

— O senhor está enganado...

A pobre voz doce de Minne!... Ela volta a sentir medo, um medo de criança achada e novamente perdida...

— Ela me esperava — prossegue a voz amável de bêbado feliz. — A menina está com frio, ela vai me levar para perto de um bom fogo!

— Oh, eu bem que queria, senhor, mas...

O homem está bem perto: por baixo do chapéu alto veem-se as maçãs de um rosto vermelho e uma barba de feno grisalha.

— Deus meu! Como pode ser, uma criatura tão pequena? Qual é sua idade?

Ele cheira a aguardente e a charuto, tem a respiração curta e forte. Desesperada, Minne recua um pouco, cosendo-se ao muro, tenta ainda ser gentil, não contrariá-lo...

— Eu ainda não tenho quinze anos e meio, senhor. Eis o que se passou: saí da casa de Mamãe...

— Oh! — relincha ele. — A menina vai me contar tudo isso defronte de um bom fogo, sentada no meu colo.

Um braço acolchoado de peles aperta a cintura de Minne, já quase sem forças... Mas o hálito carregado de charuto e álcool sobre seu rosto lhe dá nova energia: solta-se com um movimento de ombros e orgulhosa volta a ser a menina loura que aterrorizava Antoine:

— Senhor, o senhor não sabe com quem está falando!

Ele relincha mais suavemente:

— Está bem, está bem. A menina terá tudo que quiser. Vamos, queridinha... Mimi...

— Eu não me chamo Mimi, senhor!

Como ele avança em sua direção, ela salta e começa a correr, mas seu sapato sem salto sai do pé a cada passo e é preciso ir devagar, parar.

"Ele é um velho, não poderá alcançar-me."

Na primeira esquina para, respira e escuta com terror. Nada... Oh, sim... um barulho de saltos e bengala, e logo em seguida surge o velho, que se empenha, caminhando nas suas pegadas, e murmura relinchando:

— Minha pequena querida... tudo o que ela quiser... Ela me fez correr, mas tenho boas pernas...

A criança perdida se arrasta como uma perdiz com a asa quebrada e pendente. Ela só tem um pensamento na sua cabeça dolorida: "Talvez que andando há tanto tempo chegue ao Sena, e então me atirarei dentro dele." Ela cruza, sem vê-las, carroças de leite e fiacres lentos onde o cocheiro dorme... Embaixo da luz de um lampião Minne acaba de entrever o rosto do velho e seu coração para: o tio Corne! Ele se parece com o tio Corne!...

"Agora compreendo, compreendo, tive um sonho, mas como ele é demorado, e como me dói tudo! É preciso que eu acorde antes que o velho me agarre."

Um último, um supremo esforço para correr... Tropeça na borda da calçada, cai, os joelhos magoados, levanta-se suja de barro, uma face manchada...

Com um grande suspiro abandonado, olha em volta, reconhece sob uma alvorada vaga e cinzenta a calçada, as árvores nuas, essa sempre solitária... Então é... não... sim. É o bulevar Berthier...

— Ah! — exclama bem alto. — É o fim do sonho! Depressa, depressa, se não eu desperto na porta!

Ela se arrasta e chega: a porta está entreaberta como ontem à noite... Minne apoia as mãos no batente, que cede, e cai desmaiada no mosaico do vestíbulo.

Antoine dorme. O sono transparente do amanhecer lhe dá e lhe tira, cada vez, mil belezas, e todas se chamam Minne, e nem uma só se parece com Minne. Compadecidas de sua timidez de jovem imberbe, elas têm as precauções de mães, sorrisos de irmãs, e depois carícias que não são nem fraternais nem maternais. E essa felicidade fácil se envenena pouco a pouco: existe em algum lugar, pendurada nas nuvens rosas e azuis, um relógio que vai tocar sete horas, precipitando Antoine de cabeça para fora do seu paraíso de Maomé.

Adeus, beldades! Aliás, ele sonhava sem esperança. Eis aqui a temida pancada de sete golpes estridentes que vibram até o fundo do estômago. Eles persistem, prolongam-se com um tilintar raivoso, tão real que Antoine, completamente desperto, põe-se de pé, esgazeado como Lázaro após a ressurreição: "Mas, meu Deus! É na porta de entrada que estão tocando!"

Antoine calça os chinelos, põe as calças tateando: "Papai se levanta... Que horas poderão ser? É difícil de acreditar..."

Abre sua porta: pelo corredor chega uma voz chorosa, entrecortada pela pressa, e, de repente, Antoine sente tremer as maçãs do rosto com um estremecimento esquisito ao ouvir o nome "Srta. Minne".

— Antoine, traga a luz, meu filho!

Antoine procura a vela, quebra um fósforo, depois outro.

"Se o terceiro não acender, é que Minne morreu."

No vestíbulo, Célénie acaba e recomeça um relato que parece um fragmento de romance-folhetim:

— Ela estava no chão, senhor, desmaiada e desfigurada. Tinha barro até nos cabelos, sem chapéu, sem nada. Minha opinião não vale nada, mas minha ideia é que ela foi raptada, que fizeram mil e uma barbaridades com ela, e a trouxeram como morta...

— Sim... — diz maquinalmente tio Paul, que cruza e descruza o pijama marrom.

— Toda molhada, senhor, toda cheia de barro.

— Sim. Feche logo essa porta! Já vou.

— Eu vou com você, papai — suplica Antoine, batendo os dentes.

— Não vai, não! Você não tem nada que fazer lá, meu filho! É uma história do outro mundo a que Célénie está nos contando! Não se raptam meninas em seus quartos!

— Vou sim, papai, já disse que vou!

Ele quase grita, à beira de um ataque de nervos. Compreendeu tudo! Era tudo verdade, Minne não mentiu. As noites sobre os taludes, os amores inconfessáveis, o senhor com sua perigosa carreira, tudo, tudo. E eis que surge o desfecho lógico do drama: Minne ultrajada, ferida de morte, agoniza...

Defronte à porta do quarto de Minne, Antoine espera, apoiado na parede. Do outro lado da porta, tio Paul e Mamãe, debruçados sobre a cama manchada de barro, concluem um penoso exame: a lâmpada que Mamãe segura no braço balança...

— Meu Deus, não a tocaram! Ela está mais intacta que um bebê... Não entendo mais nada...

— Você está seguro, Paul? Está certo disso?

— Claro que estou! Não é preciso ser muito esperto! Segure a lâmpada! Vamos, meu bem. Está se sentindo bem?

— Pode deixar, estou bem.

Mamãe sorri com um sorriso feliz nos lábios brancos: Antoine, que esperava uma Mamãe em prantos, em gritos, louca, vociferante, não sabe o que pensar quando ela enfim abre a porta...

— É você, meu pobre pequeno? Entre... Seu pai acaba de... auscultá-la, você entende...

Com mão firme ela segura um lenço úmido de éter embaixo das narinas de Minne... Minne, meu Deus! Esta é mesmo Minne?...

Sobre a cama — uma cama não desfeita —, uma pobre pequena com um avental cor-de-rosa todo enlameado, uma pobre pequena com os pés retesados, um deles guardando ainda um chinelo vermelho sem salto... Do rosto semioculto pelo lenço só se distingue a linha preta das duas pálpebras fechadas...

— Ela respira bem — diz tio Paul. — Está apenas um pouco resfriada. Não vejo outra coisa além da febre... Saberemos o resto mais tarde.

Um gemido o interrompe... Mamãe se debruça, com um impulso de mãe canina feroz.

— Está aí, mamãe?

— Meu amor!

— Está aí... de verdade?

— Sim, meu tesouro.

— Quem está falando? Eles já se foram?

— Quem? Diga-me quem? Os que lhe fizeram mal?

— Sim... o tio Corne... e o outro?

Mamãe levanta Minne, apoiando-a junto a seu coração. Antoine reconhece agora o rosto pálido sob os cabelos louros, cinzentos de barro seco. Os cabelos que mudaram de cor, essa mancha que tem a aparência de um envelhecimento repentino... Antoine estoura em soluços angustiados que parecem partir-lhe a alma.

— Psiu! — diz Mamãe.

Com o barulho dos soluços, as pálpebras fechadas de Minne completamente azuis em seu rosto de cera levantam-se... Belos olhos profundos sob as nobres sobrancelhas, transtornados com o que viram, agora são os olhos de Minne. Olham em direção ao teto, depois se abaixam para Antoine, que chora em pé e sem lenço... Uma rosa ardente inflama suas faces pálidas; ela parece fazer um esforço terrível, agarra-se a Mamãe, estende para Antoine as mãos frágeis e maculadas...

— Sabe, Antoine, não era verdade, não era verdade, nada era verdade! Você acredita que não era verdade?

Com um profundo movimento de cabeça, ele faz "não, não" fungando as lágrimas... O que ele crê, arrasado, é que essa encantadora menina serviu de joguete submisso, de boneca viciosa, e foi depois brutalizada, ameaçada por um miserável, talvez mais de um.

Ele chora por Minne, chora também por si mesmo, pois ela está perdida, aviltada, para sempre marcada por um selo imundo...

Segunda parte

—Vou dormir com Minne!

O barãozinho Courdec comunica essa decisão com uma voz clara e concentrada, após corar violentamente tirando sua gola de peles. A bengala ao ombro, ele parece querer conquistar essa vasta e triste estepe em que mergulhamos meio cegos, ao sair da rua Royale com suas fumaças tenebrosas. Vê-se apenas dele um pouco da nuca com cabelo louro muito curto e um nariz insolente de pequeno gozador distintíssimo. Sob as árvores da avenida Gabriel, atreveu-se a repetir, desafiando umas costas friorentas de um policial:

—Vou dormir com Minne! É estranho, mas, tirando a inglesa de meu irmão caçula, a primeira de todas, nunca uma mulher me impressionou tanto. Minne não é uma mulher como as outras.

Aproximando-se da rua Christophe-Colomb, ele só pensava nos presentes que ia lhe dar, a chaleira elétrica, e sobretudo a camisola, que ele desejava rápida e fácil de tirar. Sua excessiva mocidade começa a incomodá-lo. Quando se é o barãozinho Courdec, que as mulheres do Maxim's tratam ternamente de "queridinho", quando se tem um nariz que obriga à insolência, olhos azuis gozadores e míopes, uma boca aristocrática e fresca; mas... não é sempre que se pode esquecer que só se tem vinte e dois anos.

— Senhor barão, a dama já está lá — murmura seu criado de quarto.

"Meu Deus! Ela já chegou! E os bolos! E as flores! E tudo! Está tudo perdido. Se ao menos a lareira funcionar!"

Lá estava ela como se estivesse em casa, sem chapéu, sentada diante do fogo. Seu vestido simples cobria-lhe os pés; seus cabelos louros penteados para o alto, borrifados pela geada, a nimbavam de prata: uma jovem de gravuras inglesas, as mãos cruzadas sobre os joelhos... E que infantil seriedade sob os traços de uma finura tão precisa. Antoine, seu marido, dizia com frequência: "Minne, por que é que você tem o ar de uma criança quando está triste?"

Ela levanta os olhos para o jovem louro que entra e sorri. Seu sorriso lhe dá uma expressão de mulher. Ela sorria com aquela expressão ao mesmo tempo altiva e disposta a tudo que dava aos homens vontade de tentar fosse o que fosse...

— Oh! Minne, como me fazer perdoar?... Estou assim tão atrasado?

Minne levanta-se estendendo-lhe a mão pequena e estreita já sem luvas:

— Não, fui eu que cheguei adiantada.

Falam quase que com a mesma voz, ele com uma maneira parisiense de elevar o tom, ela com um soprano pausado e claro...

Ele senta-se ao seu lado, deprimido pela sua solidão. Nada de amigos a serviram de espectadores malévolos, nada de marido — distraído esse marido, é verdade, em cuja presença se podia brincar como colegiais maliciosos: mãos que se roçam sobre o pires de chá, beijos rápidos trocados às suas costas... Ontem mesmo o barãozinho Jacques podia dizer para si mesmo: "Eu os engano, eles não veem nada!" Hoje, a sós com Minne, essa Minne que chega tranquila ao primeiro encontro, antes da hora...

Ele lhe beija as mãos, examinando-a furtivamente. Ela inclina a cabeça e sorri com seu sorriso orgulhoso e equívoco... Então ele se atira gulosamente à boca de Minne sorvendo-a silenciosamente, meio ajoelhado, com um ardor tão repentino que um de seus joelhos trepida com uma dança inconsciente...

Minne sufoca um pouco, a cabeça para trás. Seu coque louro pesava sobre os alfinetes a ponto de soltar-se em uma maré ondulante.

— Espere! — murmura ela.

Soltando os braços, ele se põe de pé. A lâmpada ilumina seu rosto alterado, as narinas pálidas, a boca amorosa e viva, o queixo fresco e trêmulo, todos os traços ainda infantis, envelhecidos pelo desejo que arruína e enobrece.

Minne continua sentada, olhando-o, obediente e ansiosa. Como começasse a ajeitar os cabelos, o amante a segura pelos punhos:

— Por que você se penteia, Minne?

O tom de intimidade excessiva a fez corar um pouco, inebriada e contente, baixando suas pestanas mais escuras que os cabelos.

"Será que eu o amo?", pensa secretamente.

Ele se ajoelha, as mãos estendidas para o corpete de Minne, para a evidente complicação de seus colchetes, de casas duplas de botões, de sua gola reta e esticada de goma. Ela vê, na altura de seus lábios, a boca entreaberta de Jacques, uma boca arquejante que a sede de beijar secava. Com os braços no pescoço do amante ajoelhado, beijou-lhe com prazer a boca, delicadamente, como irmã muito terna, como noiva a quem a inocência torna atrevida; ele geme e a afasta, com mãos febris e desajeitadas:

— Espere! — repete ela.

De pé, ela começa tranquilamente a desatar a gola branca, a camiseta de seda, a saia plissada, que cai em seguida. Sorri, um pouco virada para Jacques:

—Você não pode imaginar como são pesadas estas saias plissadas!

Ele se apressa em apanhar a saia.

— Não, pode deixar, eu tiro a anágua e a saia juntas, uma dentro da outra: fica mais fácil para vesti-las, está vendo?

Com a cabeça faz um movimento significando que de fato estava vendo. Ele via Minne em calças, que continuava a se despir tranquila. Não tinha bastante quadril para evocar a mulherzinha de Willette, e tampouco bastante busto. A simplicidade de gestos de uma mocinha, a postura jovem, as calças justas com ligas fora da moda, realçando o joelho seco e fino.

— Pernas de pajem, maravilhosas! — exclamou alto, e as palpitações de seu coração tornavam suas amídalas grandes e dolorosas.

Minne faz um beicinho, depois sorri. Um súbito pudor pareceu oprimi-la quando soltou suas quatro ligas; mas, uma vez só de combinação, ela recupera a calma e dispõe metodicamente sobre o veludo da lareira os dois anéis e o botão de rubi que segurava a gola do colarinho.

Ela se olha no espelho, pálida, jovem, nua embaixo da combinação fina; e como seu coque no alto da cabeça balançasse, despenteia os cabelos e alinha os dentes da travessa que o prendia. Uma mecha grande permanece em cima da testa, e ela diz:

— Quando eu era pequena, mamãe me penteava assim...

O amante mal a escutou, transtornado por ver Minne quase nua, agitado e afogado por uma imensa, amarga onda de amor, de verdadeiro amor, furioso, ciumento, vingativo.

— Minne!

Surpreendida pela nova entonação, ela se aproxima velada pelos cabelos louros, com as mãos em concha sobre os diminutos seios.

— O quê?

Estava junto dele, com a agradável sensação de ter-se livrado da roupa pesada, e seu perfume forte de verbena de limão fazia pensar no verão, na sede e na sombra fresca...

— Oh! Minne — soluça ele —, jure-me! Jamais, para ninguém...
— Para ninguém?
— Para ninguém, defronte de ninguém, você nunca ajeitou assim seus alfinetes e anéis, nunca disse a ninguém que sua mãe a penteava desse modo, nunca, enfim você não...

Ele a mantinha tão fortemente presa em seus braços que ela se dobrou para trás como uma braçada de flores comprimida demais, e seus cabelos roçaram o tapete.

— Jurar que eu nunca... Oh! Como você é bobo!

Ele continuou abraçado a ela, encantado pelo som de sua voz. Transtornado por tê-la nos braços, ele a olhou de perto, curioso de ver seu sinal na pele, as veias das têmporas, verdes como rios, os olhos negros onde a luz dançava... Ele se recorda de ter olhado com a mesma paixão o verniz azul, as antenas com penugens, todas as maravilhas de uma linda borboleta viva, capturada num dia de férias... mas Minne deixava-se decifrar sem bater as asas.

Um relógio soa, e eles estremecem juntos.

— Já são cinco horas! — Minne suspira. — Precisamos nos apressar.

Os braços de Jacques descem, acariciando as fugidias ancas de Minne, e o vaidoso egoísmo de sua idade esteve a ponto de trair-se por inteiro em uma palavra:

— Oh! Eu...

Ele ia dizer, jovem galo fanfarrão: "Eu sempre teria tempo!" Mas conteve-se, envergonhado defronte dessa menina que em alguns minutos lhe ensinava, ao mesmo tempo, o ciúme, a falta de confiança em si mesmo, o agudo e desconhecido estremecimento desse coração e essa delicada paternidade que pode florescer em um homem de vinte anos diante da nudez confiante de um ser frágil, a quem talvez o próprio abraço faça gritar...

Minne, porém, não gritou. Jacques viu somente, sob seus lábios, um extraordinário rosto puro, iluminado, olhos negros engrandecidos que olhavam longe, mais longe que o pudor, mais longe que ele mesmo, com uma ardente e decepcionada expressão da irmã da mulher do Barba-Azul no alto da torre. Minne, derreada na cama, suporta seu amante como mártir ávida exaltada pelas torturas e procura com uma vibração frequente e ritmada de sereia o impacto de seu arrebatamento... Mas não grita, nem de dor, nem de prazer, e quando ele cai de comprido a seu lado, os olhos fechados, as narinas finas e pálidas, com a respiração entrecortada, ela somente inclina, para vê-lo melhor, a cabeça, que derrama fora da cama uma torrente morna e prateada de cabelos louros...

... Tiveram de separar-se, embora Jacques a acariciasse com uma loucura de amante que vai morrer, e beijasse interminavelmente esse corpo afilado que ela não defendia: ainda assombrado, desenhava lentamente seus contornos com o indicador; cauteloso, apertava entre os seus os joelhos de Minne, até machucá-la; ou brincava, cruel e enlouquecido, de fazer desaparecer sob as palmas da mão a leve saliência dos seios... Enquanto ela se vestia, mordeu-a no ombro; ela resmungou baixinho e virou-se para ele com um movimento felino... Depois riu-se de repente e exclamou:

— Oh! Esses olhos!... Que olhos estranhos você tem!

Defronte do espelho ele viu que de fato estava com uma cara estranha: os olhos fundos, a boca inchada e vermelha, os cabelos caídos em mechas sobre a testa, enfim um ar de folião triste, com alguma coisa a mais, alguma coisa de ardente e esgotado que não se pode definir...

— Implicante! Posso ver os seus?

Ele a segurou pelos punhos; ela livrou-se, porém, ameaçando-o com um tom severo e um pequeno dedo estendido.

— Se você não me deixar ir embora, não volto nunca mais... Deus! Deve estar horrível lá fora, depois deste descanso quentinho, este fogo e este abajur cor-de-rosa...

— E eu, Minne? Conceder-me-ia a graça de ter saudades de mim depois do abajur cor-de-rosa?

— Isso depende — diz ela, penteando a touca enfeitada de camélias brancas. — Sim, se você achar agora mesmo um carro.

— A estação é muito perto daqui... — Jacques suspira, escovando os cabelos de qualquer maneira. — Qual! Acabou a água quente.

— É muito raro que haja bastante água quente... — murmura Minne, distraída.

Ele a olha, as sobrancelhas altas, retomando pouco a pouco, com suas roupas, seu ar de "barãozinho Courdec":

— Minha querida amiga, às vezes você diz coisas, coisas... que me fariam duvidar de você, ou de meus ouvidos.

Minne não julga necessário responder. Estava no umbral da porta, fina e modesta na sua roupa escura, os olhos ausentes, já longe.

"Mais um!", pensa Minne cruamente.

Encosta-se com ombros raivosos no pano descolorido do fiacre e joga a cabeça para trás, não por medo de ser vista, mas pelo horror de tudo o que se passa do lado de fora.

"Bem, está feito... Mais um! O terceiro e sem sucesso. É melhor desistir. Se meu primeiro amante, o interno do hospital, não me tivesse afirmado que sou 'perfeitamente normal', iria consultar um grande especialista..."

Ela rememora todos os detalhes do seu rápido encontro e aperta os punhos no regalo.

"Enfim, vejamos! Esse rapaz é extremamente simpático! Morre de prazer em meus braços, e eu fico lá, esperando, pensando. Evidentemente não é desagradável... mas isso é tudo?

" ... É como o segundo, aquele italiano que Antoine conheceu na casa de Pleyel, o que tinha dentes até os olhos... Diligenti!... Quando lhe perguntei em sua casa o que se chamava nos livros de 'práticas infames' ele riu e recomeçou a fazer o que acabara de fazer... Esta é minha sorte, a minha vida, até que eu me canse!..."

Naquele momento só se lembra de Antoine para culpá-lo de uma vaga e inútil responsabilidade: "Aposto que é sua culpa, se eu sinto tanto prazer quanto... esta banqueta. Ele deve ter-me machucado alguma coisa de muito delicado."

"Pobre Minne!", suspira ela. O fiacre chega à praça de L'Etoile. Dentro de poucos minutos ela estará em casa, na avenida de Villiers, perto da praça Pereire... Atravessará a calçada gelada, subirá a escada superaquecida que cheira a cimento fresco e a massa de vidraceiro — e então os grandes braços de Antoine, sua alegria canina... Abaixa a cabeça, resignada. Não há mais esperança para hoje.

Dois anos de casamento, e três amantes... Amantes? Será que pode chamá-los assim em sua memória? Ela só lhes concede uma indiferença fracamente vingativa, a esses que provaram junto dela a convulsiva e curta felicidade que ela busca com uma persistência já desencorajada. Ela os esquece, e relega-os a um canto cinzento da memória, onde seus traços e nomes se apagam... Uma só lembrança clara, da cor viva de um corte recém-feito: sua noite de núpcias.

Minne poderia ainda desenhar com o dedo na parede de seu quarto a sombra que naquela noite caricaturava Antoine: as costas salientes pelo esforço, os cabelos em mechas como chifres, a barba curta de sátiro, toda a imagem fantástica de um Pã cavalgando uma ninfa.

Ao grito agudo de Minne ferida, Antoine respondera com uma manifestação idiota de alegre gratidão, de cuidados emocionados, de carinhos fraternos... já era tempo!

Baixinho, ela batia os dentes, mas não chorava. Respirava surpreendida esse cheiro de homem nu. Nada a embriagava, nem mesmo sua dor — existem queimaduras de ferro de frisar que são muito mais insuportáveis —, mas ela esperava vagamente morrer... Seu ardente e desajeitado marido dormia e Minne tentara timidamente fugir dos braços ainda fechados sobre ela. Mas seus doces cabelos de seda emaranhados nos dedos de Antoine a mantinham presa. Todo o resto da noite, a cabeça atirada para trás, Minne pensava imóvel e paciente no que lhe tinha acontecido, na maneira de remediar as coisas e no profundo horror de haver casado com essa espécie de irmão.

"A culpa é de Mamãe, pensando bem... Essa pobre Mamãe, ela estava convencida de que eu trazia escrito na testa: 'Eis aqui a moça que dormiu fora de casa!' Dormiu fora de casa! As consequências que isso me trouxe! Eu faria muito melhor se tivesse dito que só tinha encontrado no meu caminho duas mulheres, um velho e um tremendo resfriado... Tio Paul me trata friamente depois que Mamãe morreu, como se eu fosse a culpada de sua morte... Pobre Mamãe! Ela não achou nada melhor para me dizer antes de ir embora: 'Case com Antoine, minha querida: ele a ama, e você não pode casar com outro...' Ora essa! Eu poderia casar com trinta e seis mil outros, com qualquer um, contanto que não fosse esse."

Desde que casou, Minne vive fechada em seu passado sem perceber que não é normal em uma mulher quase criança começar suas reflexões com um "Antigamente...".

Do sonho que a transportava não faz muito tempo para o futuro, para Cabelo de Anjo, para o mundo obscuro que se movimenta, para a noite nas sombras das fortificações, ela parece ter despertado, assustada, sem uma imagem precisa. Ela conservou seu hábito de sonhar longamente, os olhos voltados para a aventura... Mas, decepcionada, humilhada, conformada, começa a adivinhar que a aventura é o amor e que não existe outra. Mas que amor? "Oh!", suplica Minne em seu interior, "um amor, qualquer um, um amor como todo o mundo, mas um verdadeiro amor, então eu saberei com esse amor criar algo que seja digno somente de mim!"

— Ah! Eu tinha certeza que esse toque de campainha era a minha Minne. Aposto que você vai se zangar comigo porque está atrasada!

Ela sorri, embora não tenha nenhuma vontade de fazê-lo, por saber que seu injusto mau humor é tão previsto e respeitado. No fundo, ela reencontra sem desagrado esse grande rapaz de rosto equino, bonito, pode-se dizer, que reveste seu rosto jovem com uma barba séria. "Ao menos", pensa ela desatando o véu, "esse já não causa surpresas: já não espero mais nada. Já é qualquer coisa, no ponto a que cheguei."

— Por que "atrasada"? Suponho que vamos jantar aqui.

Antoine levanta os braços escandalizados que quase tocam o teto:

— Meu Deus! E os Chaulieu?

— Ah! — diz Minne.

E fica plantada, o véu entre os dedos finos, tão deliciosa com seu rosto de menina repreendida que Antoine se precipita sobre ela levantando-a do chão, querendo beijá-la; ela se livra rápido, os olhos frios:

— Está bem! Não me atrase mais. Aliás, janta-se tão tarde na casa deles... Não seremos nunca os últimos.

Ela vai até a porta de seu quarto e vira-se com os lábios franzidos e amuados:

—Você faz questão desse jantar?

Antoine abre a boca, fecha-a novamente, depois a abre, evidentemente sob uma torrente tão apressada de argumentos que Minne se enerva e grita antes mesmo que ele fale:

— Sim, eu sei! Suas relações com Pleyel! E a publicidade dos jornais arrendados por Chaulieu! E também Lugné-Poë, que quer encomendar um bárbito para as danças de Isadora Duncan! Já lhe disse que sei de tudo! Em dez minutos estarei pronta!

"Já que ela sabe de tudo isso", diz Antoine para si mesmo, ficando só no meio da sala, "por que me pergunta se faço questão de ir a esse jantar?"

O amor de Antoine ignora a trapaça e também a moderação. Sua ternura o faz muito terno, muito alegre sua alegria e demasiado preocupado sua preocupação. Talvez a única barreira entre ela e ele seja esta necessidade — "esta mania", diz Minne, de ser sincero e sem rodeios.

Um certo dia, tio Paul, pai de Antoine, disse ao filho na frente de Minne: "É preciso desconfiar do primeiro impulso!"

"Oh, é a pura verdade", respondeu docemente Minne, concluindo para si mesma: "...sobretudo as pessoas que não mentem espontaneamente. São uns preguiçosos que nem mesmo se dão ao trabalho de adoçar um pouco a verdade, ao menos por delicadeza, ou pela simples intriga..."

Antoine é um desses incorrigíveis. A cada momento diz a Minne: "Eu a amo!" E é a verdade. É a verdade de uma forma absoluta, sem variações, para sempre.

"Que seria de nós", filosofava Minne, "se empregando o mesmo procedimento afirmativo, eu exclamasse com uma convicção igual à dele: 'Eu não o amo!'"

Mais uma vez, plantado no salão branco, ele discute lealmente com Minne ausente: "Por que ela me perguntou isso, se já sabia?" Ao passar ele empurra o bárbito que mandou fazer na Pleyel. A grande lira geme, lamentosa e harmoniosa: "Meu Deus! Meu modelo oito!" Ele a apalpa com solicitude e sorri, no espelho, para a sua imagem de rapsódo barbudo.

Mesmo não sendo nenhuma águia, Antoine tem bastante bom senso para se dar conta. Atormentado pela necessidade de parecer grande aos olhos de Minne, desvia com a autorização de Gustave Lyon, seu patrão, algumas horas de seu tempo dedicado à contabilidade da Casa Pleyel para dedicá-las à reconstrução de instrumentos gregos ou egípcios. "Eu poderia também ter-me dedicado a automóveis", pensa, "mas a reconstituição do bárbito talvez ainda possa me valer um prêmio."

A porta do quarto de dormir torna a abrir-se, Antoine estremece.

— Eu disse dez minutos — diz uma vozinha triunfante. — Olhe seu relógio!

— É formidável — admite esse modelo dos maridos. — Como você está bonita, Minne!...

Bonita talvez não seja o termo; grácil e charmosa, como sempre. Está vestida com um tule verde, verde-azul, azul-verde, um vestido azul-marinho. Um cinto de prata, uma rosa prateada na beira de um decote discreto, eis tudo. Mas há ainda os ombros frágeis de Minne, seus cabelos resplandecentes e os olhos negros que surpreendem, que não se harmonizam com o resto, e abaixo do colar — de pérolas pequenas não maiores que grãos de arroz — duas pequenas e enternecedoras saboneteiras...

—Venha depressa, minha boneca!...

Todo mundo chega à casa dos Chaulieu com a alma combativa, os punhos cerrados, os maxilares contraídos em atitude de defesa. Os mais fortes exibem um semblante afetado cheio de serenidade e desenvoltura, o rosto descansado de um bom amigo que vem à casa de bons amigos passar uma noite tranquila. Estes, porém, são raros. De um modo geral, quando um homem anuncia durante o dia: "Vou jantar esta noite na casa dos Chaulieu", os rostos se viram para ele com um interesse irônico. Aí se diz: "Hum!...", o que significa: "Boa sorte! Você está em boa forma? O bíceps está bem?"

O salão dos Chaulieu, histórias à parte, não tem nada para preocupar as pessoas mais corajosas; a Sra. Chaulieu é uma harpia, admitamos. Mas ainda se encontram espíritos pacíficos sobre os quais essa revelação provoca apenas este pensamento: "A Sra. Chaulieu é um pouco corcunda."

Essa insigne criatura se enfeita de maldade, como as outras de vício. Prática, ela se dá a conhecer falando primeiro de si mesma e depois voltando a falar de si mesma. Paciente, durante cinco ou seis anos começava todas as suas frases assim: "Eu, que sou a mulher mais pérfida de Paris..." E Paris repete com um comovedor acordo: "Sra. Chaulieu, que é a mulher mais pérfida de Paris..."

É possível que isso seja nela apenas atividade não empregada, energia de corcunda na qual a corcova é interna; pois seu pequeno corpo carrega solenemente uma grande e magnífica cabeça de judia oriental.

Chaulieu, seu marido, é um homem discreto, desanimado e trabalhador, apavorado com sua companheira. Diz-se com frequência a seu respeito: "Este pobre Chaulieu"; pois ele deixa transparecer, em seu rosto de pequeno fidalgo acachapado, a melancolia dos doentes incuráveis e resignados. Aceita orgulhosamente a infelicidade de ser o esposo de sua mulher e seu silêncio significa: "Deixem-me em paz com sua compaixão; se eu sou seu marido, a escolha foi minha!"

Iréne Chaulieu veste-se com roupas caras, sempre de renda ou de tule que sairiam ganhando com visitas mais frequentes ao tintureiro, zibelinas de ocasião e luvas brancas sempre um pouco rasgadas por causa do nervosismo turbulento de suas mãozinhas úmidas e nervosas que açambarcam a poeira dos bibelôs, o açúcar dos bolos, a manteiga dos sanduíches e o azinhavre de uma corrente de pescoço que elas atormentam sem cessar.

Em sua casa, sentada na extremidade de uma cadeira a fim de parecer mais alta, Irène Chaulieu coloca-se ao fundo de um imenso salão quadrado, defronte à porta para poder ver seus amigos convidados no momento em que entram, acompanhando-os com o seu formoso olhar brutal e malévolo, enquanto eles caminham sobre o lago espelhado do assoalho.

Essa é a estranha amiga que o destino deu a Minne. Irène precipitou-se sobre essa jovem senhora com a curiosidade de colecionadora que a faz tão amável aos recém-chegados, alvoroçada pela alegria de conhecer, debulhar, destruir. E depois, meu Deus, Antoine não é de todo mau... grande e barbudo, um jeito de brasileiro honrado. A previdente sensualidade de Irène sabe preparar o futuro.

— Ah! Até que enfim!

Antoine, atrás de Minne, que atravessa como uma patinadora o assoalho brilhante, murmura desculpas e precipita-se sobre a mão estendida da Sra. Chaulieu. Esta, porém, nem sequer o olha, ocupada em inspecionar a toalete de Minne...

— Foi esse lindo vestido, minha querida, que a fez atrasar-se?

Seu tom de voz castiga mais do que interroga; Minne, porém, não parece perturbada. Ela conta, com seus olhos negros e graves, os convidados masculinos e se esquece mesmo de dizer boa-noite a Chaulieu, que exclama brandamente, cansado até no entusiasmo:

— Minne, nosso amigo Maschaing quer conhecê-la.

Desta vez, Minne parece despertar de sua indiferença: Maschaing, o acadêmico, o Maschaing do *Espectro do Oriente* e dos *Desiludidos*. Maschaing em pessoa!... "Eis aí um que deve ser muito entendido em voluptuosidades!", diz Minne consigo mesma... Ela se inclina, muito atenta, para um homenzinho ágil que a cumprimenta... "Ah, pensei que fosse mais moço! E, além disso, nem está me olhando bastante... É uma pena!"

Irène Chaulieu se levanta, arrastando consigo dois metros de guipura empoeirada, e se apodera do braço de Maschaing. Sua cabeça real e arqueada, seu pequeno corpo retesado sobre os saltos perigosos proclamam o orgulho de uma caçada proveitosa: "Enfim eu o tenho para mim, o acadêmico!"

— Maugis — diz ela por cima do ombro —, dê o braço a Minne.

Minne segue, a mão enluvada sobre a manga de Maugis, a quem nunca viu de tão perto. "Ele é estranho, meu vizinho. Tem olhos de caracol. Mas eu gosto bastante desse bigode militar. E ainda tem um nariz muito pequeno que me diverte. Eis aí um que, como se diz, sabe gozar a vida. Irène Chaulieu afirma que se pode ir longe com esses homens da geração anterior. Mas, na verdade, despojado de seu chapéu de copa alta, ele perde o traço mais característico de sua fisionomia... Estou com dor nos rins, por quê?... Ah, não me lembrava mais, claro que foi o Courdec hoje..." Essa lembrança a faz sorrir friamente e recusar a sopa.

À sua esquerda, Chaulieu bebe água de Vichy, prudente e resignado, pois, segundo ele mesmo afirma: "Não existe casa onde se coma pior do que na minha." À sua direita Maugis o observa com seu olhar penetrante. Em frente, Irène Chaulieu, soberba, alta, logo que se senta devora sua sopa de crustáceos, na qual molha a ponta da echarpe — coisa que, aliás, já aconteceu outras vezes — e adula Maschaing com essa brutalidade para elogiar e esse cinismo para admirar que às vezes subjugam seu objeto e o levam, passivo e feliz, aos lábios vorazes e bem desenhados de Irène, aos seus braços musculosos de domadora.

Antoine sorri para sua mulher. Ela devolve o sorriso, inclinando a cabeça para que Maugis acompanhe o movimento do pescoço e perceba o brilho de seus olhos através dos cílios dourados... "Nunca se sabe", pensa ela.

Nas duas extremidades da mesa, pessoas sem expressão, primas pobres de Irène, jovens prodígios da literatura, que ainda não terminaram a faculdade mas já opinam que Mallarmé é retrógrado. Há também uma americana conhecida apenas como "a bela Suzie" e seu flerte da semana, um judeu que negocia com pedras preciosas, a quem a dona da casa, que ambiciona uma safira estrelada, dirigirá dentro em pouco, inutilmente, seus olhares mais explícitos e seu cinismo fraternal: "Nós dois, que somos uns bons crápulas..." Um pianista beethoviano louro está anunciado para as onze horas...

Minne observa todas essas pessoas e ri: "Pobre Antoine, mais uma vez teve de aturar a tia Rachel! Isso não falha nunca. Como não há ninguém bem-educado aqui a não ser ele, impingem-lhe todas as velhas da família..."

— A senhora não bebe, madame?

"Ah! Ah! O gordo Maugis está se decidindo! Que bigodes! Não consigo me acostumar a ouvir sair desse matagal sua voz de mocinha ligeiramente resfriada."

— Naturalmente, meu senhor! Bebo champanhe e água.

— E como a senhora está certa! O champanhe é o único vinho tolerável nesta casa. Felizmente para a senhora, Chaulieu é o encarregado da publicidade do Pommery.

— Eu não sabia. Se Irène escutasse isso!
— Não há perigo! Ela está se derramando para Maschaing...
— Aí é que você está enganado, meu pequeno Maugis; eu sempre escuto tudo!

O olhar e a frase caem rigidamente sobre o imprudente, que se curva estendendo as mãos juntas.

— Perdão! Não o farei mais! — geme ele.

Mas não se desarma tão facilmente Irène Chaulieu.

— Não se meta demais comigo, meu pequeno Maugis: pode custar-lhe muito caro!

Ferido por ter sido ameaçado na frente de Minne, o homem dos grandes bigodes torna-se insolente:

— Caro? Minha pobre amiga, eu estou tranquilo: as mulheres nunca me custaram nada, e não será você que me fará trocar de hábito!

Irène Chaulieu fareja o ar como uma égua puro-sangue e vai responder... Agora todos os convidados se calam e se inclinam como em um teatro... Mas a voz suave e cansada de Chaulieu afasta — que lástima! — a tempestade:

— Eu bem que disse que o timbale não daria certo!

Ainda que a afirmação seja rigorosamente exata, os convidados lançam a esse mártir olhares ferozes: Chaulieu faz malograr uma dessas "cenas edificantes" que são a especialidade da casa, e depois, como diz Maugis, durante todo esse tempo seria possível desviar a atenção da comida! De qualquer maneira, nada impede Minne de lançar a seu bravo vizinho um olhar singularmente lisonjeiro. "Seus bigodes não mentem: é um herói!" O herói sente partir dela em sua direção essa simpatia feminina de mulherzinha da sociedade para o lutador que acaba de "derrubar" um adversário... Ele está pronto para aproveitar, seduzido pela inquietante beleza de Minne, seu charme de bibelô que não está à venda...

O jantar se degela. Irène Chaulieu arde de animação, embriagada pela sua primeira escaramuça. Ela já não come, fala como em delírio e enche de calúnias inéditas os ouvidos aguçados do acadêmico, que toma suas notas. Antoine a ouve, espantado, defender uma amiga de pouco tempo:

— Não, meu querido mestre, você não repetirá infâmias desse tipo! A Sra. Barnery é uma mulher honesta, que jamais teve com Claude as relações que andam dizendo! A Sra. Barnery tem amantes...

— Ah! Como? Ela tem amantes?

— Perfeitamente, ela tem amantes! E é seu direito ter amantes. É o direito de toda mulher enganada pela vida! E eu jamais permitirei que falem dela na minha frente em termos equívocos!

"Meu Deus!", suspira Antoine, aborrecido. "Se algum dia essa megera antipatizasse com Minne, estaríamos fritos. Minha pequena Minne tão pura! Como se diverte com as tolices desse jornalista gordo! Nada do que se passa aqui a atinge."

Minne de fato ri, a cabeça para trás, vê-se o riso descer em ondas debaixo da pele nacarada do pescoço, até as duas enternecedoras covinhas de suas clavículas... Ela ri para se embelezar e também para evitar responder a Maugis, que, entusiasmado, resume seu estado de espírito em termos vigorosos:

— ... e você verá que o lugar mais agradável para amar são os sofás!

— Os sofás! — repete Minne, de repente muito reservada. — O senhor escutou o que me diz meu vizinho, Sr. Chaulieu?

— Escutei bem — responde Chaulieu —, mas por discrição eu fazia as vezes do cavalheiro que saboreia sua alface *Femina*. E, meu Deus! Como está ruim! Com que será que é feito o azeite de oliva em minha casa?

Minne, travessa, puxa-o pela manga:

— Sr. Chaulieu, defenda-me! Ele está me dizendo coisas horríveis!

Chaulieu volta para Minne sua cara achatada:

— Como? Minha pobre criança, já está me pedindo socorro? Nesse caso, temos...

— Temos? — insiste Minne, provocante.

Chaulieu, com o queixo, aponta Antoine:

— Mas... aquele cavalheiro me parece que tem bons bíceps... Ah! Maugis, que me dizes?

Maugis, um pouco aborrecido, zombeteiro, pousa pesadamente os cotovelos sobre a mesa, exagerando o vigor de suas costas largas:

— Meu velho, desde que uma mulher tenha suas fraquezas, para mim pouco importa a força do marido!

— É uma opinião.

— Diga-me, pequena senhora loura, seu marido não parece estar ocupado?

Muito ocupado! Irène Chaulieu, logo que vê o jogo de Maugis, vira resolutamente as costas para o Imortal e se joga sobre Antoine, sobre o marido, sobre o inimigo... Ela esconde dele todo um lado da mesa, com seu coque enorme e solto, com seu leque aberto, com o ombro que emerge do vestido... Ela o perturba com palavras, mostrando um interesse recente e apaixonado pelo bárbito.

— Mas, meu caro, é uma revolução na música!

— Isso já é exagero! — arrisca Antoine, lealmente.

—Vejamos, vejamos, você é modesto demais! Ah, se eu fosse homem! Nós dois sacudiríamos o mundo... Quando se tem sua força, sua juventude, sua...

O belo olhar oriental de Irène se apoia sobre o de Antoine; suas pestanas, pesadas de cosméticos, batem preguiçosamente como a asa de uma borboleta pousada... Ele pisca, confuso, cansado pela eletricidade crua que cai sobre a toalha bordada e se reflete lívida nos rostos. Um toque longínquo acaba por fim com seu suplício, e Chaulieu avisa sua esposa com um pequeno estalar de língua:

— Irène!...

Ela se levanta com pesar, enrola a echarpe, pendurando e arrastando pedaços de cascas de banana, exclamando alto:

— Bem, agora os que foram convidados apenas para o café. Ainda vou encontrar no salão cabeças a quarenta e cinco graus. Que me importa, nada posso fazer! Todo mundo queria jantar aqui... Minne, você fará a mocinha de salão, servindo o café e os licores.

Minne não se desagrada desta delicada tarefa que consiste em manejar, num salão atravancado, frágeis xícaras, uma cafeteira, uma pinça de açúcar... Emprega as mãos cuidadosamente, com uma aplicação de falsa ingênua, o que enternece os convidados de estômago bem cheio.

— Que tesouro, meu caro, uma mulherzinha como essa! Ela tem a delicadeza de uma cerzideira...

O entusiasmo de Maugis já não tem limites. Ele acaba de se desabafar com um jovem poeta, ainda muito moço para não se deixar tocar pela beleza das mulheres...

— Que lindo pescoço para se apertar! E os cabelos! E os olhos! E os...

Irène Chaulieu aparece, magra e excitada.

—Vamos, vamos, Maugis, um pouco de calma! Reconheça ao menos que eu sou uma boa amiga. À mesa, a fim de deixar o campo livre, ocupei-me do marido!

— É verdade, eu lhe devo isso. Ela é rudemente encantadora, a menina! Posso lhe assegurar que, se a encontrasse em uma ilha deserta, eu...

— Meu pobre Maugis, você me dá pena! Não há nada que se possa fazer com Minne.

O homem de letras encolhe seus pesados ombros.

— Ela é honesta? Mais uma razão! Uma mulher que ainda não resvalou é menos desconfiada.

— Isso depende — retruca Irène displicente, as pestanas caídas. — Existem aquelas a quem os homens não atraem...

Maugis, para melhor escutar, joga seu cigarro em um vaso de rosas.

— De verdade? Ela?... Conte-me tudo! Afinal, nós somos dois velhos amigos, não é, Irène?

— Agora sim! — diz ela brincalhona. — Você é muito gozador, meu amigo, não lhe direi nada.

Tranquila, certa de haver semeado uma boa semente de mentira, ela vai embora em direção aos casais que chegam. Os casais são raros: abundam os solteiros e os homens casados que vêm sozinhos. Ela sorri estendendo suas mãos de unhas brilhantes. O grande salão gelado se enche enfim, perde aquela sonoridade de apartamento para alugar. Irène permite que se fume e Minne serve os licores, tão comportada com seu vestido azul...

— Senhor, um pouco de curaçau seco?

Ela diz isso com uma voz distinta, uma voz de quem se entedia polidamente...

— Senhor, um pouco de curaçau seco?

Na falta de resposta, Minne levanta os olhos e depara com o barãozinho Courdec, que acaba de entrar... Ele não cabe em si de surpreso. Por que ela não lhe disse que o veria esta noite? E por que não parece impressionada? Pois há apenas cinco horas que, na rua Christophe-Colomb, tirava suas ligas com um pudor tão encantador, e numa posição tão estranha... Essa lembrança ele sufoca um pouco, e o sangue sobe-lhe ao rosto de menino.

— Mas... — murmura ele — então você está aqui?

— É o que parece... — zomba ela, sorrindo-lhe com os olhos.

Ela o deixa segurando um copo cheio e vai-se, qual indiferente Hebe, servir Antoine.

Irène Chaulieu percebeu... Maugis também...

— Meu Deus! O que houve com o garoto? — murmura Maugis, violentamente interessado. — Você viu como ele ficou?

— Isso o surpreende? Não a mim! Então você não sabe? Esse pequeno Courdec é louco por ela, mas ela não quer saber dele. Teve de colocá-lo no seu lugar mais de uma vez, e secamente; ele faria muito melhor em nunca mais encontrá-la!

— Ele não se refez ainda: olhe só para ele... Pobre menino! Me dá pena!

— Pena! Você é formidável, meu querido, em querer que todas as mulheres passem a vida em apartamentos de solteiros! É bem feito para o barãozinho Courdec! Gosto das mulheres que se comportam!

É verdade que Jacques Courdec sofre. Ele carrega o seu novo estado de amante feliz com impaciência e pouca vontade. Uma semana antes, seu namoro com Minne lhe proporcionava uma deliciosa irritação, a exaltação de um vinho leve que lhe faz rodar a cabeça mas mantém as pernas firmes. Quisera ter lutado diante dela, violentado as instituições, raptado outra mulher para que Minne soubesse e o admirasse; ele não sofria antes esse triste e ardente amor, tão perto das lágrimas e da violência, esse amor que no primeiro momento de posse o havia feito sair de um abrigo sombrio onde dormia defendido...

Jacques sofre de ciúmes porque ama. Sua dor lhe dá uma postura encurvada e desajeitada, um ar de reumático precoce.

Sem deferência para com o pianista que toca uma tumultuosa composição de Liszt, Maugis reencontra Minne e Jacques Courdec a vê arrulhar e rir.

"Ela só riu uma vez hoje", pensa ele, "foi quando me disse que eu era bobo. Senhor! Eu sou ainda bem mais do que ela crê... Que cara horrível tem esse Maugis! Parece-se com o 'Príncipe-Sapo' dos desenhos de Walter Crane... Tanto pior! Vou deixar o marido com a pulga atrás da orelha!"

Jacques Courdec levanta seu nariz de golfinho, fixa um sorriso forçado e vai arrogantemente "contar" a Antoine, que fuma em paz perto da mesa de pôquer, no clã dos homens maduros, pois sua barba e seu jeito de cavalo sério lhe proporcionaram relações acima de sua idade. Além disso, o renovador do bárbito não perde seu tempo com gigolôs!

— Como vai?

— Bem, obrigado...

Trocam um aperto de mãos e Antoine sorri paternalmente.

— Viu minha mulher?

— Sim... quer dizer... ela conversava com o Sr. Maugis. Por isso achei que não devia...

— O senhor não conhece Maugis?

— Um pouco... É um de seus amigos pessoais?

— Não, absolutamente. Eu o encontro aqui e em outros lugares. Ele diverte bastante Minne.

Jacques lança sobre Antoine um olhar furioso:

— Encantador rapaz, aliás. Talvez um pouco boêmio, mas quando se é solteiro, não é?

— Eu não digo nada!

— Mas eu também não digo nada! — exclama Jacques imprudentemente, vermelho de um pudor insólito. — Sei bem que dizem que levo vida de boêmio, mas há muito exagero nisso. Em todo caso, não tenho, como Maugis, a desagradável reputação de dormir com velhas damas!

Antoine levanta as sobrancelhas e olha para o lugar de Maugis, sempre sentado perto de Minne.

— Mas como? Ele dorme com velhas damas?

— Velhas damas é dizer muito... com uma velha dama, uma loura oxigenada, de idade incerta... E Deus sabe por quê! Pois ele gosta mesmo é de mulheres muito jovens...

— Deveras? É formidável — diz Antoine.

Sua entonação revela uma tão grande e viva admiração que o pequeno Courdec fica indignado.

— Isso é tudo o que tem a dizer?

— Eu? Mas acho isso maravilhoso, caro senhor! O senhor poderia me pôr na cama com uma senhora de idade durante sete anos... eu ficaria como... como... enfim, não posso dizer como!

O barão Courdec se levanta, decepcionado.

— O senhor me permite? Creio que a Sra. Minne está me chamando...

Minne não está chamando, ela franze as sobrancelhas pressentindo um começo de perigo contra o qual se levanta sua alma valente e astuta. Vê Jacques, que vem vindo com certa desconfiança... Bem que ele é bonito, esse menino, e tão bem vestido!

"A calça de Maugis é muito estreita, e depois eu não gosto do tecido encrespado... Mas, decididamente, Jacques é muito moço. Essa surpresa, esse rubor ao me encontrar aqui! Eu nunca deveria contar com um rapaz tão moço para fazer de mim uma mulher como as outras... Quando penso no que dizia Marthe Payet, outro dia: 'Eu sou como Bilitis: quando estou com meu amante, o teto poderia cair sem que eu mudasse o fio dos meus pensamentos!' Jacques também é como Bilitis... Oh! eu bateria nele!..."

Ela se vira ligeiramente para o lado de Maugis, cuja respiração acaricia seu ombro. "Esse... não pode ser censurado por ser muito jovem, ao contrário. Não é bonito... mas sua segurança, sua voz de mocinha, sua meiguice que penetra, esse... não sei quê... Ah! sim!", interrompe-se ela, resignada, "esse não sei quê dos homens a quem não se conhece bem!"

Jacques se aproxima de Minne, que lhe estende a mão desenluvada. Ele roça nela os lábios e espera uma apresentação a Maugis, o que não acontece. Maugis fuma, suave e vagamente, com os olhos no azul arredondado do teto... Minne se levanta por fim, alisa o vestido e vai em direção à mesa dos refrescos a fim de que seu amante a siga...

— Um copo de laranjada, querida senhora? Minne — suplica ele em voz baixa —, você sabia que viria aqui esta noite e não me disse nada...

— É verdade — admite ela. — Não me ocorreu...

Ela fala com ele de perfil, com um copo entre os dedos, inundada de uma luz crua. Suas pestanas recurvas parecem flechas que os olhos lançam; o pouco de champanhe que bebeu tinge de rosa sua orelhinha requintada...

— Minne — prossegue ele, enraivecido com tanta graça —, jure-me que você não queria esconder seu namoro com esse ignóbil indivíduo!

Ela estremece, mas não se vira para Jacques.

— Será que eu conheço indivíduos ignóbeis? E como ousa me falar assim hoje?

Ele joga na mesa seu sanduíche mordido, que cai sobre as cerejas.

— Claro! Só hoje é que posso lhe falar assim, porque é hoje que sofro, é hoje que a amo!

Minne se volta bruscamente; mergulha nos olhos desafiadores e tristes do amante, o olhar sério.

— Hoje? Porque fui sua? Realmente? Oh! Explique-me como é possível que o amor venha de semelhante coisa?... Diga-me: você me ama mais porque esta tarde...?

Ele pensa compreender e se engana; pensa que Minne quer reanimar sua imaginação no fogo de uma lembrança muito próxima, que ela quer diante de todos saborear o delicioso ultraje de uma evocação precisa... Sua tez de garoto sanguíneo se incendeia e empalidece ao mesmo tempo: ei-lo novamente mudado, sem defesa, igual ao que ela viu há pouco na rua Christophe-Colomb...

— Oh! Minne, quando você se curvou para desatar suas ligas...

Ele delira e treme, novamente seu joelho esquerdo trepida... Ela o escuta, séria, sem baixar os olhos, sem estremecer ante as palavras ardentes, e quando ele para, envergonhado e embriagado, só tem uma exclamação cheia de desalento, apenas murmurada:

— É inconcebível!

Minne acorda cedo para uma parisiense que sai quase toda noite. Às nove horas já tomou seu banho e come suas torradas sem langor, bem desperta, no seu quarto de vestir branco. Em cada andar da casa nova, o mesmo quarto de vestir branco, o mesmo pequeno salão cinza-pérola com falsos forros de madeira, o mesmo salão com grandes janelões de cristal... É uma falta de imaginação! Mas Minne não pensa nisso.

Fechada em sua monacal roupa branca, a trança como uma corda de ouro dançando sobre as cadeiras, ela, ainda não entediada, saboreia essa manhã a deliciosa solidão da saída diária do marido.

Até o meio-dia ficará só, só, para escovar para trás seus cabelos brilhantes e lisos, o que a faz parecer uma criança japonesa; só, para verificar a cor do tempo, verificar com o indicador pontudo a limpeza dos pequenos cantos; só, para colocar em um chapéu o *paradis* que se esparrama com seu sopro, deitando-se como uma gramínea dos prados; só, para sonhar, para escrever, para ler, gozar da embriagadora solidão que foi sempre sua conselheira.

Foi numa manhã de inverno clara e sonora como essa que ela correu à casa de Diligenti, um vago compositor italiano. Ela o encontrou ao piano, mimado, aborrecido, irresoluto... Para castigá-la por incomodá-lo a essa hora, ele, raivoso, possuiu Minne decepcionada...

Mas hoje Minne se sente com uma alma de dona de casa sensata. Seu fracasso de ontem — o quarto — a deixa pensativa, e ela reflete, diante de uma xícara vazia.

"É preciso pensar. Perfeitamente, é preciso pensar. Ainda não sei como. Mas isso não pode continuar assim. Não posso ir de cama em cama para dar prazer a outras pessoas, tendo como única satisfação dores em todo lugar, meu coque por refazer, sem contar os sapatos que quando os calço estão frios e algumas vezes molhados... Afinal de contas, o que é que eu pareço? Irène Chaulieu diz que temos de nos cuidar, se não quisermos aparentar logo cinquenta anos, e ela assegura que basta gritar ah! ah!, apertar os punhos, fazer de conta que se está sufocando, que isso os satisfaz perfeitamente. Satisfaz os homens, talvez, mas não a mim!..."

A chegada de uma mensagem interrompe o amargo devaneio de Minne. "É de Jacques. Já!"

Minne querida, Minne sonhada, Minne terrivelmente amada, eu a espero hoje em nossa casa. Não lhe posso dizer, minha querida rainhazinha, tudo o que você trouxe à minha vida, mas sei desde ontem, sei de maneira absoluta que, se eu não conseguir ver você sempre, não aguentarei! Não, não tenho orgulho em confessar que jamais imaginei o que está me acontecendo. Você é o amor? Você é uma doença do meu cérebro? Seja o que for, não é a felicidade, Minne querida.
JACQUES

Minne rasga o papel em pequenos pedaços, com uma aplicação vingativa.

"E ele, será ele a felicidade para mim? Esse egoísmo! Ele só fala de si próprio! Não será nunca nesse rapazola que poderei me refugiar, não será nunca a ele que poderei confessar, suplicar: 'Cure-me! Dê-me o que está me faltando, o que tão humildemente imploro, que me fará igual às outras mulheres!' Todas as mulheres que conheço falam disso, quando estão a sós, com palavras e olhares transtornados pelo amor... Todos os livros também! E alguns são tão explícitos! O de ontem mesmo..." Ela abre um volume de tinta ainda fresca e relê:

> Seu abraço foi ao mesmo tempo ascensão e paroxismo. Adila, rugindo, cravou as unhas nas costas do homem, e seus olhares exacerbados se cruzaram como dois punhais envenenados de volúpia... Num espasmo supremo, ele sentiu sua força se dissolver nela, enquanto ela, com as pálpebras estremecidas, voava por cumes desconhecidos onde sensação e sonho se confundem...

"Isso é definitivo!", conclui Minne, fechando o livro. "Às vezes pergunto a mim mesma o que fez Antoine em seu tempo de solteiro para ser assim tão... ignorante!"

Habitualmente, Minne pensa muito pouco em Antoine. Chega até a esquecê-lo; mas às vezes o recebe alegremente, como se ele ainda fosse o primo fraternal de antigamente... Hoje, ao chegar esfomeado, cheirando a palissandra e a verniz, seu alegre falatório fracassa diante do mutismo de Minne, um mutismo de boca apertada, de sobrancelhas irritadas...

— O que há com você?

— Nada.

Ela não tem nada. Está com raiva de Antoine por causa do encontro que Jacques marcou para essa tarde. Esse pequeno mantém sua posição, suplica, se impõe, escreve… De fato é o barão Courdec, mas… "Grande coisa!", pensa Minne. "Seria divertido se o tirasse de alguém, ou então se pudesse contar a Irène Chaulieu. Mas para mim, seja ele o barão de Courdec ou o carvoeiro dali da frente, o resultado é o mesmo!"

De qualquer maneira, ela irá à rua Christophe-Colomb. Irá porque nunca recua diante de nada, mesmo diante de uma estopada, e, além disso, é tão recente esse seu caso…

Na sala de jantar, Antoine devora sua vitela à Marengo e o jornal; depois, contempla em êxtase sua esposa, que, apertada num vestido escuro, liso, parece uma vendedora distinta. Conversando efusivamente, ele procura suavizar a expressão distante de seus olhos negros, tormento de toda a sua juventude, daquela boca que outrora mentia tão loucamente, com tanta imaginação…

— Almocei tão bem, minha querida Minne. Foi você que escolheu o cardápio?

— Lógico, como todos os dias.

— É fantástico! No entanto, minha tia nunca lhe ensinou nada.

Minne se empertiga.

— Aprendi tudo sozinha. Os molhos estão fora de moda, os pratos intermediários complicados não fazem mais sucesso, os legumes estão em falta nesta temporada e, se eu não pusesse a imaginação para funcionar, comeríamos tão mal aqui como na casa dos Chaulieu.

Ela brinca de dona de casa, cruza as mãos, e disserta sobre os gêneros alimentícios do inverno. Antoine a admira e se regozija, meio escondido atrás de seu *Figaro*… Minne percebe o tremor insólito do jornal e protesta:

— Assim é demais! Por que está rindo?

— Por nada, minha boneca. Eu a amo muito.

Ele se levanta para beijar ternamente seus belos cabelos brilhantes, onde fino veludo preto serpenteia e se perde… Minne apoia a cabeça no peito do marido por um instante, com ar cansado.

— Você está cheirando a piano, Antoine.

— Eu sei disso. É muito saudável, sabe? Esse cheiro de verniz e madeira nova afugenta as traças. E se guardássemos um piano de cauda em cada um de seus armários de roupas?

Minne se digna a rir, o que o enche de alegria.

— Ande! Venha servir meu café, minha querida! É preciso que eu vá embora cedo!

Ele a ergue nos braços e a leva para o salão branco de ramalhetes, que conserva um cheiro banal de tinta fresca, pois Minne quase nunca tem visitas e fica mais tempo em seu quarto de dormir, mas principalmente em seu quarto de vestir.

— O que é que você vai fazer esta tarde, meu anjo?

O rosto de Minne se endurece um pouco; não que ela pense que desperta qualquer suspeita, mas esse segundo encontro logo no dia seguinte do primeiro ameaça seu repouso...

— Vou fazer compras que me aborrecem. Mas estarei de volta cedo.

— Sim, eu sei o que isso quer dizer! Você vai chegar às sete e meia com um ar de quem caiu das nuvens, exclamando: "Mas como? Eu que pensava que fossem horas!"

Minne sacode a cabeça, sem alegria.

— Isso me espantaria muito.

No pequeno andar térreo da rua Christophe-Colomb, ela espera o chá quente e olha o fogo, que cai em brasas rosadas, os jarros cheios de ramos de crisântemos, grandes como pés de chicória... Os sanduíches de caviar, abertos muito cedo, retorcem-se como fotografias mal coladas... Jacques a esperou por mais de duas horas, mais grave que ontem, e Minne o acha mudado: ele tem alguma coisa de sincero e sério que não lhe assenta de todo. "Que má sorte a minha!", suspira. E esconde seu mau humor com um sorriso social.

— Como? Já chegou, caro amigo?

O "caro amigo" faz sinal que sim, ele já chegou, apertando seus dedos com força. "Poderia jurar", diz Minne consigo mesma, "que ele está com vontade de chorar... Um homem que chora, ah, não! Ah, não!..."

— O que é que você tem contra mim? Por acaso cheguei atrasada?

— Sim, mas não faz mal.

Ele a ajuda a tirar o casaco, recebe em suas mãos devotas o pequeno tricórnio enfeitado de camélias e empalidece ao ver o mesmo vestido de ontem, a gola lisa onde brilha o mesmo botão de rubi... e sente-se ao mesmo tempo perdido e desolado.

"Meu Deus!", pensa ele, "eu a estou amando! É terrível, eu não sabia... Ontem ainda podia passar; mas hoje não sirvo para nada, só sirvo para chorar e deitar-me com ela até morrer... Ela vai pensar que sou um grosseirão..."

Ela se vira para ele, irritada com seu silêncio:

— Ouça, Jacques, deixe-me dizer-lhe algo!

Ele sorri, com um sorriso em que desapareceu toda a sua feliz insolência.

— Não zombe de mim, Minne, não estou em minhas condições normais.

Ela se aproxima solícita e acaricia os suaves cabelos louros do conquistador sentado à sua frente.

— Mas deveria ter dito! Seria muito fácil deixar para outro dia!... Uma mensagem seria suficiente...

Essa falsa solicitude reacende nos olhos de Jacques uma luz inquietante. Ele se levanta falando quase bruscamente:

— Mandar uma mensagem! Serei eu algum inválido? Não se trata de uma gripe ou uma dor de cabeça. Acha então que eu posso passar sem você?

Dá essas explicações desajeitadamente, sem poder se controlar, e Minne se irrita:

— Então, porque você não pode passar sem mim, tenho de vir aqui a qualquer hora?

Ela não levantou a voz, mas sua boca nervosa empalideceu. Olha o amante de alto a baixo, como para um animal fraco e ameaçador. Jacques se assusta e segura suas mãozinhas frias e sem luvas.

— Meu Deus! Minne, mas nós estamos malucos! Que se passa comigo? Que estou dizendo? Perdoe-me... É porque a amo: todo o mal vem daí; é porque sofro infinitamente quando penso em você, em você tal como estava ontem, tal como você vai ser... Diga-me, diga-me, não é verdade? Tal qual estava ontem, toda pálida em seus cabelos, e depois completamente cansada sobre a cama, com seus pés afilados e juntos...

Enquanto fala, ele a despe. Seus beijos, o contato de seu jovem corpo vigoroso e rosado que cheira a renda de seda, o clarão de beleza misteriosa que a visita nesse momento reanimam uma vez mais, no fundo dos olhos sombrios de Minne, a esperança do milagre esperado... Porém, uma vez mais, ele sucumbe só, e Minne, ao contemplá-lo imóvel tão perto de si, mal ressuscitado de uma bem-aventurada morte, decifra no íntimo de si mesma os motivos de um ódio nascente: detesta ferozmente o êxtase dessa criança fogosa, o desmaio que ele não sabe lhe dar: "Esse prazer, ele o rouba de mim! É minha, é minha essa fulminação divina que o derruba em cima de mim! Eu a quero! Ou então, que ele deixe de conhecê-la por mim!..."

— Minne!

O rapaz, tranquilizado, suspira seu nome, abrindo os olhos na sombra colorida das cortinas. Ele já não se sente cruel e ciumento, está feliz e indolente, e procura Minne através da grande cama...

— Minne, você vem? Como demora!

Ao ver que ela não vem, levanta-se, senta-se e fica boquiaberto ao ver Minne quase vestida, amarrando nos cabelos a fina fita de veludo preto.

— Você está maluca! Já vai embora?

— Claro que vou.

— Para onde?

— Para casa.

— Você não me disse que seu marido...

— Antoine só chega às sete horas.

— Então?

— Não tenho mais vontade de ficar.

Pulando da cama, nu como Narciso, ele tropeça nas botas espalhadas pelo chão.

— Minne! Que fiz eu para você me deixar? Eu a machuquei? Acho que a machuquei um pouco...

Ela ia falar, responder: "Nem ao menos isso!" Reivindicar sua parte de gozo, falar de sua longa busca, de suas aventuras infrutíferas... Um pudor especial a retém: que esse segredo, junto com as divagações de outrora, seja ao menos seu triste galardão, o tesouro de Minne...

— Não, eu não tenho nada... Vou embora. Não estou com vontade de ficar, eis tudo. Já estou farta.

— Farta de quê? De mim?

— Se você prefere isso... Não gosto bastante de você.

Ela descarrega isso como um madrigal, enquanto coloca os dois anéis. Para ele, tudo isso é como um pesadelo, ou uma farsa, quem sabe?

— Minne querida, você tem cada uma! Ninguém sente tédio com você, nem por um instante!...

Ele continua rindo, ainda nu... Minne, com as mãos no regalo, o contempla. Agora tem plena certeza de que o odeia. Ela escruta cruelmente, sem pejo, os detalhes desse rosto de criança, a parte de baixo dos olhos cor de malva, a boca mole e vermelha, o peito onde um tosão louro espumeia, as coxas magras e musculosas... Sente que não o suporta. Inclina-se um pouco mais e diz suavemente:

— Eu não o amo o bastante para voltar. Ontem eu não tinha certeza. Anteontem não sabia nada. Você ontem não sabia que me amava. Nós dois fizemos descobertas.

E desliza velozmente em direção à porta, para que ele não tenha tempo de lhe fazer nada.

Antoine, que volta a pé do bairro Rochechouart, sente-se triste por duas razões: primeiro porque está degelando e do chão sai um vapor enfumaçado que cheira a trapo molhado; segundo porque seu chefe, irritado, o chamou de "fabricante de instrumentos para mulheres".

Tomado por pensamentos desoladores, Antoine entra sem barulho, não canta no vestíbulo, não deixa cair o guarda-chuva nos cabides da entrada... Empurra a porta do salão sem ser anunciado e para surpreso: Minne está ali, adormecida sobre o sofá branco com ramalhetes...

Adormecida? Por que adormecida? Ela deixou o chapéu em cima da mesa, jogou as luvas em uma jardineira, o regalo a seus pés, e parece um gato encolhido na sombra...

Adormecida... Isso se parece tão pouco com Minne, essa desordem insólita, esse sono de vencida! Ele se aproxima um pouco mais: ela dorme, a cabeça apoiada no espaldar seco, e o puro metal de seus cabelos correu um pouco para seu ombro... Ele se inclina, o coração batendo forte, emocionado de estar ali, vagamente possuído de vergonha e temor, como se abrisse uma carta roubada... Como dormita tristemente essa criança adorada! As sobrancelhas franzidas, a boca frouxa caída nos cantos e as delicadas narinas dilatadas, que de repente respiram mais forte... Esse desolado rosto cego vai desfazer-se em lágrimas?

"Que mudança houve nela?", pensa Antoine, angustiado. "Não é mais a mesma Minne... De onde virá ela, tão cansada e tão triste? Seu sono é desolado, e eu nunca a senti tão longe de mim. Será que ela vai recomeçar a mentir?

Já é uma mentira esse torpor fatigado, esse outro rosto que ela não lhe mostra nunca... Ele recua um passo. Minne se moveu. Suas mãos tremem debilmente, como as patas dos cachorros que correm sonhando, e ela senta-se aterrorizada, assustada:

— É o senhor? Que há? É o senhor?

Antoine a olha profundamente.

— Sou eu, Minne. Acabo de entrar. Você estava dormindo... Por que me trata por *senhor*?

Minne, pálida, de repente enrubesce até os cabelos e aspira o ar com sofreguidão.

— Ah! É você? Que sonho horrível!

Antoine senta-se perto dela ainda oprimido pela dúvida e pelo mal-estar.

— Conte-me seu sonho horrível.

Ela sorri com seu feminino e audacioso sorriso, sacudindo sua mecha loura desfeita.

— Obrigada por me ter assustado!

— Eu a tranquilizarei, minha Minne — diz Antoine, segurando-a com seu grande braço.

Mas ela ri e escapa, tiritando de frio, dança para se esquentar, para despertar, para esquecer a ameaçadora imagem que em seu sonho formava um corpo de adolescente nu e louro, estendido sem vida sobre um tapete vermelho...

Hoje é domingo, um dia que transtorna a semana, diferente dos outros dias. Aos domingos, Antoine — que crê gostar de música, já que reconstitui bárbitos — leva Minne ao concerto.

Minne não saberia dizer, verdadeiramente, por que é sempre mais friorenta aos domingos. Chega ao concerto batendo os dentes, e a música não a esquenta nada, porque ela escuta com muita atenção. Escuta inclinada, as mãos juntas no regalo, atenta, olhando para o regente como se o gesto de Chevillard ou de Colonne fosse por fim levantar a cortina de um espetáculo misterioso que se adivinha por trás da música e que jamais se vê... "Meu Deus", suspira Minne, "por que nada é perfeito? Espera-se, espera-se, é como uma vontade de chorar que se tem pelo corpo todo e... nada acontece!"

Para esse domingo cinzento de degelo, Minne se enfeita com um vestido cinzento de veludo prateado descorado e uma estola de raposa preta. Embaixo do chapéu coroado de plumas escuras, seus cabelos brilham apertando a nuca com um barrete de ouro polido. De pé no toucador, multiplicado pelo espelho Brot, Minne se confessa, satisfeita: "Eu realizo muito bem a ideia que se faz de uma mulher da sociedade."

Vai depois implicar com o marido, pois sua própria perfeição a faz autoritária. Antoine se veste num pequeno quarto, instalado de qualquer maneira ao lado de seu escritório: Minne detesta ter perto de si "trastes de homem", negros, ásperos e também roupas de baixo masculinas. "Se ao menos", diz ela, "fosse possível pôr fitas nas ceroulas e nos coletes de flanela, para que quando se abrisse o armário ficasse bonito!..."

Antoine está se vestindo com a silenciosa rapidez aprendida no colégio.

— Vamos, Antoine, vamos! — ralha a pequena fada prateada.

Ele volta para ela um rosto barbudo e preocupado, uns olhos pretos e brancos com uma expressão pachorrenta de pequeno-burguês.

— Ei, Minne, coloque a abotoadura na minha manga esquerda.

— Não posso, estou de luvas.

— Poderia tirar uma...

Ele não insiste mais, mas a mesma preocupação volta a pesar em suas sobrancelhas. Minne se admira num espelho grande inclinado sobre duas colunas, jogado num canto, onde ela jamais se mira: existe sempre alguma coisa nova a aprender num espelho desconhecido...

De súbito, põe-se a cantar com sua voz de menina, aguda e pura:

J'ai du di,
J'ai du bon,
J'ai du dénédinogé,
J'ai du zon, zon, zon,
J'ai du tradéridera
J'ai du ver-t-et-jaune,
J'ai du vi-o-let,
J'ai du bleu teindu,
J'ai de l'orangé!

Antoine vira-se, espantado:

— O que é isso?

— É uma canção.

— Onde a aprendeu?

Ela pensa, um dedo na testa, e de repente lembra que seu primeiro amante, o interno dos hospitais, cantava essa canção campesina com um passo de fantasia obscena. A lembrança a diverte, e ela explode numa gargalhada:

— Não sei. Quando era pequena... Talvez na cozinha, com Célénie?

— É estranho — diz Antoine, com mais seriedade que o incidente requeria. — Conheci Célénie tanto quanto você...

Minne levanta uma das mãos despreocupadamente.

— Pode ser... Sabe que já são quase duas horas e que aos domingos é terrível encontrar um carro?

No fiacre, Antoine quase não fala, preocupado com um mal-estar que ele mesmo não sabe explicar, e Minne resolve animá-lo, aconselhá-lo:

— Meu pobre rapaz, se você precisa de dois dias para se refazer a cada vez que se brinca com seu... enfim... bárbito... que vai ser de você? Nem sempre pode correr tudo bem, e na sua vida não há piores catástrofes!

Ela suspira, tão cômica e maternalmente desabusada que o mau humor taciturno de Antoine se transforma numa ternura quente que ele recobra, subindo a escada do Châtelet, o agressivo orgulho de todo homem que leva pelo braço uma mulher muito bonita.

— Olhe, Antoine. Irène Chaulieu... Lá, no camarote, com seu marido...

— E com Maugis. Será que ele está lhe fazendo a corte?

— Grande coisa! — diz Minne, impertinente. — Ele também me cortejou!

— Não?!

— Perfeitamente! Outro dia, em casa dos Chaulieu, se eu tivesse querido...

— Não fale tão alto! Quando quer, você tem um jeito de falar baixo!... Então, Maugis ousou... ousou...

— Oh! Antoine, eu lhe peço, nada de cenas conjugais aqui, ainda por cima por causa de Maugis! Ele não vale a pena... Fique quieto! Eis Pugno que se instala.

Ele se cala. No fundo está se lixando para Maugis. Toda a sua preocupação é por causa de Minne, apenas de Minne. Acredita, meu Deus, tem certeza que Minne não comete deslize; tem apenas medo de que ela recomece a mentir pelo prazer de mentir, que recomece a cultivar esse jardim perverso, fantástico, desconhecido, onde vagou toda a sua infância de menina misteriosa...

— Veja! O pequeno Courdec — observa ele distraidamente.

Somente o olho de Minne se mexe.

— Onde?

— Acaba de entrar no camarote da Sra. Chaulieu. Como falam, naquele camarote. Até daqui se escuta!

Com efeito, Irène Chaulieu tagarela como se estivesse na ópera, sentada meio de lado contra o papel de parede vermelho, suas pálpebras à oriental batendo para exprimir o cansaço, o desejo, a voluptuosa derrota. Rendas verdadeiras e desbotadas pesam sobre seus ombros, penduradas nas mangas.

— Ela não muda — murmura Minne —, tem sempre o ar de quem se veste nas revendedoras da rua de Provence!

Finge examinar a roupa de Irène para poder vigiar Jacques Courdec. "Que cara abatida tem esse pequeno! E uma de suas mãos faz dançar febrilmente o chapéu..." Minne o despreza: "Detesto esse tipo de gente nervosa, que não sabe esconder suas emoções! Ainda outro dia era seu joelho que dançava a dança de São Guido; hoje é o braço! São todos tiques de fim de raça!"

Ela se vinga do repentino estremecimento que acaba de perpassar por sua nuca... Logo, o queixo estendido, atenta, entrega-se à Scheherazade.

Seu corpo balança ao ritmo das ondas — trombones desencadeados coroados por um golpe dos címbalos —, um sorriso pálido estica a comissura de seus lábios, quando Rimsky-Korsakov a arrasta de barco ao harém, do naufrágio às festas de Bagdá, quando, ao sair do retumbante estrépito de um combate de gigantes, mergulha seus lábios nos doces orientais — pistaches, pétalas de rosas untadas de açúcar e óleo de sésamo —, num diálogo entre o príncipe e a princesa... Essa música excessiva entregará a Minne o segredo contido nela própria?

Os violinos com excessiva doçura ou volteios irresistíveis, de uma beleza melada de echarpes que entreabrem aqui e acolá as bocas com um "ah!" extático...

No camarote de Irène Chaulieu, um garoto infeliz tenta compreender o que lhe está acontecendo. A música o torna dispersivo e ele precisa de muita coragem, quando os violinos tocam em agudo, para não uivar, como um cachorro perto de um realejo. A presença de Minne o transtorna. Ela o abandonou nu e fraco, ela o abandonou quando ele estava embriagado dela, com palavras tão secas e tão frias, com olhos tão negros, tão selvagemente inflexíveis... Ai! A história de seus amores cabe em três linhas: ele a viu... ele a conquistou, porque ela não se parecia com ninguém... e depois ela se entregou imediatamente, em silêncio...

— Mas que calor faz nesta sala! — suspira Irène Chaulieu.

Seu leque leva até Jacques Couderc um perfume pegajoso e pesado, que lhe provoca mal-estar. Ah! Como uma gota de verbena no limão rejuvenesceria o ar poeirento! Limões descascados, folhas esmigalhadas para exalar seu verde cheiro, juventude do verão começando, palha de centeio que apenas começa a enloirecer — o perfume de Minne, os cabelos de Minne, a pele de Minne e seus olhos, manancial negro onde vêm beber e se mirar os sonhos! "É possível que eu tenha tido tudo isso? E como pude merecê-lo? E como pude perdê-lo?"

— Ouça, meu pequeno Jacques, que cara horrível é essa? O noivado, o noivado sem graça? As voluptuosidades culpadas? O que você fez a si mesmo? Seria divertido saber, ou até ver de perto!

Ele sorri para Irène com desejos de matá-la, exagerando sua insolente miopia:

— Tão jovem e já *voyeuse*?

Ela levanta seu nariz de pesadora de ouro.

— Meu pequeno, você tem os preconceitos de um burguês do Marais. E se eu quiser dobrar o meu prazer vendo o prazer alheio? Vocês me fazem rir com suas pretensões de reduzir a volúpia a limites convenientes! Minha alma permaneceu bastante oriental, graças a Deus, para conceber e aceitar a sensualidade de todos os séculos...

Ela continua falando, através dos "psiu!" indignados, e nem mesmo escuta Maugis, que resmunga em voz alta:

— O que será que ela leu desde ontem, a megera?

Jacques Couderc se cala, desencorajado, e o entreato vem a calhar, permitindo que ele saia, mude de lugar, passeie sua dor... Pensa por um breve instante em esperar Antoine e cumprimentar Minne, para assustá-la; mas uma espécie de torpor moral o impede. Tudo o que ele desejaria planejar dissolve-se devagar e ele desce covardemente a grande escadaria.

Nos dias que se seguem, essa fuga vergonhosa dá a Minne uma grande segurança de si mesma, a consciência de ser dessa vez a mais forte... A semana do Ano-Novo, que agita até os arredores tranquilos da praça Pereire, mantém Minne forçosamente ocupada com balas, visitas, cartas e presentes. Seu espírito, sonso e fantasioso, nunca superficial, afasta-se da breve e desagradável aventura de amor... Ela se entrega ao trabalho como uma senhorita de *chez Boissier*, prepara listas de visitas, coloca cartões de Natal em envelopes e retoma um ar preocupado de jovem mocinha que brinca de senhora. Recebe Antoine quando ele chega, com perguntas precisas e malévolas:

— E os d'Hauville? Foi assim que você pensou no garotinho deles?
— É verdade, esqueci!
— Eu tinha certeza disso!
— E a velha bruxa da tia Poulestin?
— Ah, é verdade, uma a mais!

Ele abaixa o nariz melancolicamente.

— Então, meu amigo, se vou ter de pensar em tudo sozinha, francamente, isso é mais que um trabalho!

E, depois, não será "uma maçada" visitar amanhã tio Paul, esse doente tão hostil que ela será obrigada a beijar — beijar? — na testa terrosa? Que horror! Ela se irrita por antecedência e despenteia com raiva os cabelos.

— A que horas amanhã, Antoine?
— A que horas o quê?
— Estou falando do tio Paul.
— Não sei ainda! Às duas. Ou às três. Temos o dia todo.
— Você muito me honra! Boa noite, vou me deitar, já não me aguento mais em pé.

Ela se espreguiça, boceja perdidamente, de repente se aborrece, seu ardor raivoso desaparece e vem oferecer um pedaço de face, de cabelo e de orelha para o beijo do marido.

— Já vai deitar, minha boneca? Escute, eu...
— O quê?
— Eu também vou.

Ela o olha felinamente, de lado. Não resta mais dúvida: Antoine vai segui-la até o quarto, até a cama... Ela hesita: "Estou doente? Faço uma cena? Adormeço? Vai ser muito difícil..."

Claro que vai ser difícil, pois Antoine a ronda, aspira em toda a peça o perfume solar de Minne... Ela o segue com os olhos. Ele é alto, talvez até demais. Sem graça quando vestido, a nudez lhe fica bem, como à maioria dos homens bem-feitos. Um nariz adunco no meio dos olhos de carvoeiro apaixonado... "Eis aí meu marido. Ele não é pior que outro qualquer, mas... é meu marido. Em suma, poderei ter paz mais cedo esta noite, se consentir..." E com essa conclusão, que encerra toda uma filosofia de escrava, ela vai lentamente para o quarto, retirando, enquanto anda, os alfinetes dos cabelos.

Tio Paul está horrível de se ver. Sua cabeça de casca de buxo seco dá medo, essa cabeça de missionário que foi um pouco escalpelada, um pouco queimada, e posta para morrer de fome numa gaiola ao sol. Murcho numa poltrona, ele brinca de esconde-esconde com a morte no meio de um quarto caiado, sob os cuidados de uma enfermeira com ares de vaca loura. Ele recebe o casal sem falar, estende a mão seca e, deliberadamente, puxa Minne para seu crânio nu, feliz de senti-la retesar-se e quase gritar.

Eles se compreendem maravilhosamente bem, ela e ele, por cima da cabeça de Antoine. Minne com seus olhos negros, fixos e grandes, deseja-lhe a morte; ele a amaldiçoa todo o tempo, silenciosamente, acusando-a com toda a injustiça de haver matado Mamãe de desgosto e de fazer seu filho muito infeliz...

Ela pergunta por sua saúde, com voz pausada. Com um sopro, ele a cumprimenta por seu vestido cinza prateado. Se os dois vivessem na mesma casa, não se sabe o que poderia acontecer.

Hoje tio Paul se diverte retendo Minne por muito tempo.

— Não é todos os dias que é Ano-Novo — articula ele, sufocando.

Ele provoca e prolonga, respirando muito forte, um ataque de tosse, cujas náuseas finais fazem empalidecer e tremer as faces de Minne. Quando retoma alento, dá detalhes minuciosos sobre suas funções naturais e surpreende com felicidade o olhar revoltado da nora. Depois, reúne as forças e começa lentamente a falar da morte da irmã...

Dessa vez é inútil desperdício de energia: Minne, que se sente completamente inocente do falecimento de Mamãe, escuta sem remorsos, relaxa pouco a pouco, diz algumas palavras com um sorriso triste e terno... "Ela é forte demais!", diz o moribundo para si mesmo, indignado. E, cansado do jogo, põe fim à visita.

Uma vez fora, sob a noite gelada e estimulante, Minne tem vontade de dançar. Dá um níquel a um pobre, segura o braço de Antoine e pensa, generosa em sua alegria de evadida: "Se Jacques Couderc estivesse aqui, garanto que eu o beijaria!"

Toda a noite ela se movimenta, fala, ri sozinha. O líquido negro dos seus olhos move-se e cintila, uma febre encantadora anima sua tez. Antoine a contempla melancólico e atento. Ela deixa de rir para sorrir, e seu rosto muda. Oh! Esse sorriso de Minne! Esse provocante e delicioso sorriso que levanta as maçãs, transforma o arco da boca, estica os cantos das pálpebras!... Pela segunda vez, Antoine se esforça para descobrir no semblante de Minne um outro rosto, o sorriso estampado numa máscara... Ele sente o coração comovido e triste, como no dia em que a viu dormindo no sofá... Nesse sono preocupado que a traía, como nesse sorriso secreto e voluptuoso em que aparece outra mulher. Minne lhe escapa... Dessa vez foi só um relâmpago: pois Minne já boceja como uma gata, crispa as unhas no vazio e anuncia que vai se deitar.

Mas não consegue deitar-se logo. Envolta em sua bata branca de monja, ela abre a janela para "ver o frio".

Levantando a cabeça, o brilho das estrelas a surpreende. Como tremem! Essa grande bem acima da casa vai se apagar certamente. Ficou exposta a uma corrente de ar...

Depois de ter saboreado bastante o frio, Minne fecha a janela e se mantém de pé contra o vidro, leve, exaltada demais para se deitar, possuída pela absurda e ardente certeza de que a felicidade ainda pode precipitar-se sobre a sua vida como uma catástrofe maravilhosa, como uma sorte repentina que ela merece e que lhe é devida. O homem que fará dela uma mulher não é portador de nenhum sinal misterioso, e, se ela o encontrar, será obra do acaso... O acaso então se chamará milagre... Mais de uma vez o esforço de um trabalhador abriu com um golpe surdo a prisão onde dormia uma fonte...

Irène Chaulieu combinou um encontro com Minne no Palácio do Gelo às cinco horas.

Seu "dia" não chega para a pequena israelita infatigável, que considera doenças o ócio e a solidão. Todos os dias ela convida para seus chás amigos, inimigos, antigos amantes que permaneceram dóceis... A longa galeria do Fritz conhece suas caudas de rendas debruadas de zibelina. L'Empyrée-Palace e l'Asturie ressoam com sua voz cortante que esguicha quando ela pensa estar cochichando. O antiquado Le Palombin, o discreto Afternoon da praça Vendôme, todos são esvaziados do seu sossego nos dias em que Irène Chaulieu reserva sua mesa. Hoje é o Palácio do Gelo. Minne, que está indo lá pela primeira vez, vestiu uma roupa escura de mulher honesta que vai ao seu primeiro encontro, os ramos de um pequeno véu tatuando de branco seu pequeno rosto invisível: dois buracos de sombra impenetráveis, uma flor rosa velada, revelam somente os olhos e a boca.

— Ah! Aqui está Santa Minne! De onde vem você com esse véu? Maugis, dê seu lugar a essa menina. Antoine vai bem? Tome um grogue quente: aqui se respira a morte. Além disso, é preciso harmonizar-se com os ambientes, como dizia a falecida revista *Héliotrope*. Eu sempre bebo chá na Inglaterra, chocolate na Espanha e cerveja em Munique...

— Não sabia que você tinha viajado tanto! — sussurra a voz suave de Maugis.

— Uma mulher inteligente sempre viaja muito, velho bêbado!

Maugis, colete claro, barriga para a frente como uma galinha gorda, pavoneia-se para Minne, que parece não ver nada. Ela olha à sua volta, decepcionada, depois de haver passado os olhos pelas sombras desse *five-o'clock*. Nada brilhante, o grupo de hoje! Irène trouxe a irmã, um monstro batracoide sem pernas, corcunda, impossível de casar, a quem alimenta, aterroriza e obriga a uma muda cumplicidade. Os frequentadores da casa dos Chaulieu deram a essa aia teratológica o significativo nome de "minha irmã Álibi".

Ao lado de Maugis, um intelectual pedante beberica um coquetel muito escuro. A americana, a "bela Suzie", absorve-se em um dueto sussurrado com seu vizinho, um escultor andaluz com barbas de Cristo: só aparece dela uma nuca pequena e sólida, ombros quadrados, um nariz curto e aveludado de animal sensual... E por fim Irène, mal vestida e mal-humorada. Minne, paciente, se distrai em observar minuciosamente, com tranquilo prazer, a maquiagem exagerada do rosto e dos lábios, o excesso de joias no pescoço e nas mãos nuas...

Minne espera que Maugis, de pé atrás dela, reinicie sua corte. Ele a contempla com seus olhos azuis já embaciados pelo álcool e se cala, procurando encontrar embaixo do vestido a linha caída dos ombros, os pálidos e venosos braços, as duas pequenas covinhas embaixo das clavículas, tão enternecedoras... Minne se distrai pacientemente, observando os giros dos patinadores. Pelo menos isso é novo, aturde um pouco e de minuto a minuto fica mais cativante. Surpreende-se seguindo com uma inclinação do busto o impulso que curva todos os patinadores como espigas ao vento... A luz alta esconde os rostos embaixo dos chapéus, um reflexo de neve sobe da pista descascada, polvilhada de gelo moído. Os patins ronronam, e, com esse esforço, o gelo grita como um vidro cortado. O ar cheira a sótão, a álcool, a charuto... Uma valsa suave conduz a ronda.

Mulheres muito enfeitadas roçam o cotovelo de Minne: queria vê-las patinando, com todas as suas plumas girando, as saias infladas como piões… Mas essas jamais descerão para a pista…

— Minne, você viu Polaire?
— Não; que tal é ela?
— Isso é bem você. Você ficará sempre na minha lembrança como a mulher que não conhece Polaire! Veja, ela está passando.

Duas silhuetas que valsam: uma esbelta, apertada na cintura, desabrochando na saia, parece menos uma mulher que uma dessas espécies de jarros feitos pela rotação de um fio de arame encurvado… Minne não pode ver o rosto da dançarina — uma mancha pálida entre cabelos negros —, nem os pés — um relâmpago de aço, o movimento da cauda de um peixe ao sol —, mas fica encantada, esperando que o casal de patinadores passe novamente abraçado… Dessa vez, sente o alento das saias levantadas, o êxtase do rosto pálido…

"Então a embriaguez de girar, a velocidade dos pés alados, tem poderes de estampar num rosto essa morte bem-aventurada? Eu também queria… Se pudesse aprender! Dar voltas, voltas até morrer, com os olhos fechados…"

É despertada pelo som de seu nome pronunciado a meia-voz…

— A Sra. Minne está com um ar distante — acaba de dizer Maugis.
— Ela está pensando no seu "caso" — responde Irène Chaulieu.
— Que "caso"? — digna-se Minne a perguntar.

Irène Chaulieu se debruça por cima da mesa, arrastando entre as xícaras as pontas de sua zibelina; sua boca muito pintada se dilata no afã de falar, de mentir, de caluniar, enfim, de saber tudo…

— O mais infeliz de todos, o pequeno Couderc! Só se fala disso, minha querida, da acolhida que você lhe dispensou!

Os olhos de Minne riem por trás do véu: "Mas foi justamente ele que me dispensou!…"

— … Ele é sempre visto com a pior cara desde o dia em que você o mandou… amar em outra parte; é sempre encontrado nos piores lugares, perdendo tudo o que tem no La Ferme; enfim, se falaria muito menos de vocês dois se tivessem dormido juntos!

— Isso é um conselho? — interroga a voz doce e pequena de Minne.
— Um conselho, eu? Ah, minha querida amiga, não é pela presença de Maugis, mas não seria eu que iria elogiar às minhas amigas gigolôs de vinte e três anos! Só servem para engravidar, levar dinheiro,

perturbar e ainda por cima falam de suicídios, ameaças, revólveres e toda sorte de escândalos!

Minne franze as sobrancelhas... Quando terá ela visto um gracioso corpo de adolescente nu e branco estendido sobre um tapete vermelho... Ah, sim, aquele sonho ruim... Ela estremece debaixo da estola de raposa preta, e Maugis, que a observa com uma gulodice devota, segue desde a nuca até os rins o rastro do estremecimento...

—Vamos, Maugis, não fique assim tão excitado! — aconselha Irène. — O gelo hoje está produzindo um estranho efeito em você!

— Está na minha hora — brinca o jornalista. — Não se pode imaginar como me torno brilhante entre as cinco e as sete!

A gargalhada de Irène abafa o barulho dos patins, interrompe o casal extasiado formado pela linda Suzie e pelo escultor andaluz, que aproximam seus rostos espantados de amantes a quem se acorda. Somente o monstro batracoide, acocorado como um ídolo indiano, nem sequer sorriu.

— Eu — diz Irène, arrogantemente —, de preferência, diria que pela manhã... De qualquer forma, também à tarde... ou tarde da noite...

Maugis junta mãos admirativas.

— Oh, rica natureza! Então é verdade que a abundância torna as pessoas generosas?

Ela o afasta com a ponta de seus dedos de unhas polidas.

— Espere! Minne ainda não disse nada... Minne, é a sua vez. Estou esperando suas impressões de alcova. Você me irrita, aí parada, com as mãos dentro do regalo!

Minne hesita, estende um mimoso queixo e se faz de menina:

— Eu não sei: sou muito pequena! Serei a última a falar.

Ela aponta para o casal hispano-americano, sentado de joelhos colados. Aliás, a americana não faz cerimônia:

— Para mim, depende apenas do parceiro — confessa. — Mas todas as horas são boas.

— Muito bem! — diz Irène. —Você ao menos se lança bravamente em sua "pequena morte".

A bela Suzie ri lentamente, franzindo um focinho fresco e felino.

— Pequena morte? Não, não é isso... É mais como quando um balanço vai alto demais, sabe? Quebra-se em dois, e a gente cai e grita: "Ha!"

— Ou então: "Mamãe!"

— Cale-se, Sr. Maugis! E recomeçaremos.

— Ah! Recomeçaremos? Minhas felicitações ao seu... balanço!

Irène Chaulieu, mordiscando uma rosa, reflete, os olhos fixos... Breves emoções passam por seu belo rosto de Salomé...

— Eu — começa ela — acho que vocês todos são uns egoístas. Só falam de seus prazeres, de suas sensações, como se os do... outro não tivessem importância. O prazer que eu dou vale algumas vezes mais que o meu...

— Depende, entretanto, da maneira de... dar — interrompe Maugis.

— Chega, você! E depois, o balanço... não é nada disso, absolutamente! Para mim é o teto que cai, uma pancada de gongo nos ouvidos, uma espécie de... apoteose que mereça o advento de meu reino no mundo... e depois, que importa, não dura!

Arrebatada, Irène Chaulieu parece deglutir uma tristeza sincera...

Quase deserta, raspada, sem brilho, a pista de gelo lança um reflexo lívido em todos os rostos. Um rapaz muito alto, com uma roupa de tecido verde colante, um gorro caído sobre a orelha, risca a pista com um oblíquo impulso de nadador...

— Nada mau esse aí... — murmura Irène. — Diga alguma coisa, Minne, estou esperando sua palavra final.

— Sim — insiste Maugis —, você nos deve a vinheta final, caso possa assim chamá-la, deste memorável plebiscito!

Minne se levanta, estende o véu sobre o queixo e, avançando uma pequena boca de carpa, diz:

— Oh! Não sei... Vocês compreendem, eu tive somente Antoine até hoje...

Seu sucesso em fazer rir a desconcerta um pouco... No circo vazio, o eco das risadas dobra. As mulheres voltam-se para o grupo. O homem de roupa colante atravessa de novo a pista, como uma bailarina, um pé levantado... Seguida pelo monstro corcunda, Irène avança em direção à saída, sempre de olho no patinador de verde.

— Decididamente, não está nada mau esse rapaz; não acha, Minne?

— Sim...

— Ele tem alguma coisa de Boni de Castellane,[*] talvez um pouco mais forte. Ah, se não soubéssemos nos controlar!... Mas é preciso. Eles são muito mimados por certas mulheres e, quando se tem uma fraqueza por eles, Paris inteira sabe no dia seguinte!

---

[*] Árbitro da elegância em Paris no princípio do século XX. (N. da T.)

Com um encolher de ombros, ela sacode todas as suas caudas de zibelina e se despede do intelectual pobre. E, como Maugis se atrasa, ela grita:
—Vamos embora, gordinho cheio de álcool, depois que você acabar de lamber as luvas de Minne!

A americana e o escultor andaluz desapareceram, não se sabe onde nem como. Cada vez mais rabugenta, Irène declara, enquanto um empregado lhe traz o automóvel, que "a linda Suzie ainda uma vez se deixou levar" e que "dentro de pouco tempo nenhuma mulher honesta vai querer ser vista em sua companhia!".

Minne sente suas asas crescerem.

Há oito dias, sempre às duas horas, o metrô a leva, de vestido curto, ao Palácio do Gelo. As primeiras sessões foram duras: Minne, horrorizada de sentir o chão escorregadio fugir-lhe de sob os pés, gritava fino, com uma voz de ratinho preso, ou então muda, os olhos arregalados, agarrava-se nos braços de seu professor com pequenas mãos de afogada. O cansaço também foi cruel, e Minne, ao despertar, sofria com "dois ossos novos e maus", plantados ao longo de suas tíbias.

Mas as asas crescem... E agora um vaivém harmonioso balança Minne sobre o gelo, mais depressa, mais depressa ainda... até a parada em pirueta. Minne larga o braço do homem de verde, cruza as mãos no regalo, lança-se e desliza, em linha reta, os pés unidos...

Mas o que ela queria era valsar como Polaire, perder a noção de tudo o que existe, empalidecer, morrer, converter-se na espiral de papel que gira no ar quente em cima de uma lâmpada, tornar-se a bandeirola de fumaça que o fumante absorto enrola no punho...

Ela tenta valsar e se abandona nos braços do homem de gorro, mas o encanto não se opera: o homem cheira a salsichão e uísque... Minne, com repugnância, escapa-lhe deslizando sozinha, os braços caídos, levantando com um gesto temeroso umas mãos de dançarina javanesa.

Ela trabalha todos os dias, com a persistência inútil de uma formiga que junta pequenas palhinhas. Sua melancolia ociosa se diverte, e o sangue lhe sobe às pálidas faces. Antoine está contente.

Hoje o ardor teimoso de Minne redobra. Quase não viu lá fora que março amolece os brotos das árvores, escurece o azul ultramar do céu, que uma primavera raquítica exalta o cheiro dos buquês de dois níqueis, resedá estragado, violetas cansadas, junquilhos de Nice, que cheiram a cogumelo e a flor de laranjeira...

Minne desliza pela pista quase deserta riscando o gelo com o barulho de um diamante sobre um vidro e gira, agachando-se como uma andorinha... uma linha a mais, e seu patim tocaria nas bordas! Ela tropeçou, sem notar, num cotovelo apoiado, e se vira murmurando:

— Desculpe!

O homem encostado é Jacques Couderc. Uma cólera inexplicável a toma de repente perante essa cara lívida e humilde, esses olhos apagados que a seguem...

"Como ousa?... É abominável! Ele vem me mostrar sua palidez como um mendigo exibe seu cotoco, e seus olhos dizem: 'Veja-me emagrecer!' Mas que emagreça! Que se afunde! Que suma! Que eu perca de vista enfim esse ser... esse ser..."

Ela se volta sobre o gelo como um pássaro enlouquecido embaixo de uma abóbada, decidida a não ceder o lugar... É ele, porém, que cede e vai embora.

Mas sua vitória a deixa, dessa vez, um pouco cansada, tremendo sobre as pernas finas. Ela já se decidiu. Já que Jacques não quer esquecê-la, que morra!... Ela o suprime de sua vida, voltando a ser a pequena rainha cruel que, em seus sonhos infantis, distribuía punhal e veneno a todo o seu povo imaginário.

No dia seguinte, Minne desperta como se tivesse de tomar um trem matinal. Os gestos de sua toalete são feitos com uma pressa decisiva. Durante o almoço Antoine recebe palavras secas, lançadas como projéteis sobre sua inocente cabeça. Ela bate com o pé no tapete, seguindo cada movimento do marido; quando é que ele vai embora?

Ele pensa em ir. Mas, primeiro, de pé junto à lareira, olha inquieto para sua cara de bandido bonachão e pergunta, segurando a barba com as duas mãos:

— Minne, e se eu tirasse a barba?

Olhando para ele durante um segundo, ela começa a rir tão agudamente, tão insultantemente que Antoine sofre só de escutar...

Uma noite em que a possuía, apressado e ofegante, ela também riu dessa maneira insuportável porque a pera da campainha elétrica batia contra a cortina da cama com um tique-taque regular de metrônomo erótico... Ao contemplar Minne, Antoine se lembra dessa noite tão desagradável. Ela riu agora tão forte que duas pequenas lágrimas claras tremem em seus cílios louros e os cantos de sua boca estremecem como se tivesse soluçado...

Alguma coisa de duro os separa. Ele gostaria de dizer-lhe: "Não ria! Seja doce e sensível como você é às vezes. Seja menos sutil, menos longínqua; ponha alguma indulgência em ser superior a mim. Que suas insondáveis pupilas negras não me julguem! Você me acha bobo porque me faço de bobo deliberadamente. Se pudesse, eu me aboalhava ainda mais, até poder apenas amá-la, amar sem pensar, sem essas crises de agudo sofrimento causadas pelo seu pouco-caso, ou sua dissimulação..."

Mas ele se cala e continua maquinalmente a segurar a barba com as duas mãos...

Minne se levanta encolhendo os ombros.

— Está bem, corte a barba! Ou então não corte! Ou então corte só a metade! Penteie-se de leão como os canichos. Mas faça alguma coisa, mova-se, porque é terrível ver você aí parado como uma estátua!

Antoine enrubesce. Rejuvenescido pela humilhação, pensa: "Ela tem sorte de ser minha mulher neste momento, porque se fosse somente minha prima iria receber algum troco!" E vai embora, estoico, sem beijá-la.

Uma vez sozinha, ela corre à campainha.

— Meu chapéu, minhas luvas! Depressa...

Irrita-se, corre... Ah! Como a vida é bela quando o esplendor do perigo a doura! Enfim, enfim!... Uma pequena olhada sobre esse pequeno Couderc lívido e logo essa espécie de morna tepidez no estômago, depois esse tremor de pernas que a adverte: é a claridade duvidosa de um perigo, é ameaça, quem sabe a ameaça... Um perigo que encha o deserto da sua vida, que supra a felicidade, o amor — ah, que esperança!... Ela corre, só parando na porta do Palácio do Gelo para refazer a pintura e dominar a respiração ofegante... Depois, atenta à sua entrada, desce para a pista, a mão sobre a manga do homem de pano verde.

— Ah! Meu cordão, por favor...

Ela se inclina, descobrindo o tornozelo fino e seco, um pouco da barriga da perna... "Pernas de pajem, que maravilha..." Curvada, olha, os olhos distraídos, com um sorriso de acrobata. Sabe que ele está lá, apoiado. Não precisa olhá-lo: ela o vê no fundo de si mesma, poderia com uma mão segura desenhar todas as sombras, as linhas cavadas que traçaram nesse rosto de garoto emagrecido os progressos do veneno. Ela desliza, orgulhosa e febril, encantada de dizer para si mesma: "Se ele se aproximar, vai me cumprimentar ou me matar?"

O jogo apaixonante se prolonga. "Não serei a primeira a sair!", jura Minne para si mesma, Minne, cujo ser tenso está sempre disposto à luta. A arena se povoa. Os olhos se voltam para Minne, que empalidece e perde o fôlego sem que seu encanto desapareça. O outro está sempre lá. Ela se apoia por um instante na borda da pista, tesa, os braços cruzados. Pensa que é tarde, que Antoine chegará e se preocupará. Fareja a emboscada da saída, lágrimas, súplicas que se tornarão ameaçadoras...

— Meus respeitos, senhora, eu me poria a seus pés, se eles já não estivessem calçados de patins!

Quem terá falado no seu sonho? Minne reconhece essa voz abafada e doce... Vira-se para o interlocutor com olhos de sonâmbula e começa a se lembrar dele lentamente, como de muito longe...

— Ah, sim... Bom dia, Sr. Maugis.

Ele beija sua luva; ela observa seu crânio grande e amassado, o pequeno nariz de indivíduo espontâneo e violento, os olhos azuis que já foram puros, a boca de menino gordo e amuado...

— Está cansada, minha jovem senhora?
— Sim, um pouco... Patinei muito...
— Juventude egoísta! Esse pequeno Couderc fez a senhora valsar até a morte?

Minne cruza os braços com um gesto afirmativo.
— Eu nunca patinei com o Sr. Couderc!

Maugis não pestaneja:
— Eu já sabia...
— Ah!...
— Sim, eu já sabia. Apenas me é agradável ouvir isso de seus lábios. Já vai embora? Permite que a acompanhe até o carro?

Ela aceita, amável, por causa do outro, *o outro* que se levantou jogando o dinheiro sobre a mesa. Ela para, ele para... Como procura a saída mais próxima, vê Jacques Couderc dar ao mesmo tempo que ela três passos para a esquerda, depois três para a direita... Que belo jogo! Faz lembrar uma pantomima inglesa. Os palhaços que fazem todo mundo rir, pintam o rosto de farinha, essa máscara cômica de cadáver elegante...

— Vamos embora! — diz Minne, alto.

O títere, do outro lado da pista, atrapalha os passos do casal. Decidida a arriscar tudo, Minne se inclina sobre Maugis, roça-o com o ombro, ri de perfil, e suas costas ondulantes estremecem de prazer e esperança... "Que venha a faca, ou uma bala, ou a barra de ferro na nuca!", reza baixinho, "mas que venha ao menos alguma coisa, qualquer coisa bastante horrível ou bastante doce para me tirar a vida!"

Perto do vestiário, ela para bruscamente e se vira. A criança pálida, que os segue a distância, para também.

— Sr. Maugis, um minuto só, está bem? Vou tirar meus patins e já volto... Quer ter a amabilidade de me chamar um carro?

Enquanto o crítico se apressa, correndo com um pequeno passo ligeiro de homem gordo, os dois amantes, imóveis, ficam sós entre desconhecidos. O furioso resplendor dos olhos de Minne intima Jacques Couderc a ousar, a agir, desafiando-o e oprimindo-o ao mesmo tempo. Mas o fio sonambúlico que o unia a ela parece quebrar-se de repente, e ele passa, covarde, os ombros caídos...

Fora, um crepúsculo de primavera entristece a avenida; a sombra malva, pontilhada de fogos amarelos, desce tão úmida e acariciante que se busca no ar uma palmeira perfumada, um ramo florido a roçar a face... Tanta doçura surpreende os nervos tensos de Minne, que sorve num grande suspiro um gole de brisa tépida...

— Sim, é verdade! — responde Maugis a esse suspiro trêmulo. — Repare nesse verde do poente lá longe, ele torna azul a minha alma!

— Que temperatura agradável!... O senhor já pediu o meu fiacre?

— Está muito interessada no carro? Aqui só passam trastes velhos e imprestáveis...

— Oh não, ao contrário, gostaria muito mais de ir a pé...

E, sem esperar, silenciosamente alarga o passo...

—Ah, querida senhora — suspira seu companheiro —, é nesta hora que sinto falta de Irène Chaulieu...

— Ora essa! Por quê?

— Porque ela tem as pernas curtas, seis polegadas de pernas e o pescoço logo em seguida, e ao seu lado sou um homem de bela estatura, um despreocupado e esbelto jovem. Ao passo que com a senhora... parecemos até uma fábula: "Era uma vez um buldogue apaixonado por uma galgazinha..." Mas devo dizer que em casa retomo todas as minhas vantagens! Não desejo esconder nada da senhora, eu sou o homem das cinco às sete, o homem de interior, aquele que conversa depois de amar. (Meu Deus! Já estamos na rua de Balzac! É preciso que na Etoile eu não tenha mais nada a lhe confessar!) Como dizia, eu sou aquele que inspira confiança, que ouve a confidência e não a repete, aconselho e elogio. Preciso acrescentar que também faço bebidas geladas, o chá, substituo a arrumadeira, e...

— E que também nunca fala de si mesmo? — interrompe Minne, maliciosa.

— Chamfort já disse: "Falar de si mesmo é fazer amor."

— Ele disse isso?

— Mais ou menos. Ele não tinha um temperamento muito exigente.

— Com efeito!

— Nós, os autores célebres, somos todos assim mesmo, linda senhorinha. Um pouco fatigados, mas com tantos atrativos! E se a senhora quiser...

— Se eu quiser o quê?

Ela para no ângulo da calçada, inclinada, coquete, acessível... Maugis vê brilhar-lhe os dentes, procurando em vão seus olhos negros debaixo do grande chapéu...

— Bem, não quero exagerar, mas tenho em casa uma infinidade de caquemonos, de Sakia-Muni, de Kama Sutras...

— O que vem a ser tudo isso?

— São pintores japoneses, na verdade! Mas, sim, temos, digo que teremos com que nos ocupar durante uma semana de visitas honestas. A senhora irá?

— Não sei... Talvez... vá...

— Mas nada de brincadeiras! Sou um homem sério! Jura-me que será cordata?

Ela ri, nada prometendo, e o deixa com um gracioso adeus de ponta de dedos.

"Ah, a linda menina!", suspira Maugis. "E pensar que, se eu tivesse casado, talvez minha filha fosse assim..."

Quando Minne chega esbaforida, Antoine já está à mesa, tomando sua sopa. Sim, ele está à mesa, é incontestável. Minne, sufocada, não pode acreditar em seus olhos. Na sala de jantar só se escuta o barulho irritante da colher no prato. A cada vaivém do braço de Antoine, o bojo polido da lâmpada de cobre reflete uma mão monstruosa, a ponta de um nariz fantástico.

— Mas como? Você já está à mesa? Afinal, que horas são? Estou atrasada?

Ele encolhe os ombros.

— Todos os dias a mesma cantilena! Naturalmente que está atrasada! Você consegue alterar isso? Seria preciso que o Palácio do Gelo pegasse fogo para que você chegasse em casa na hora!

Minne percebe que vai haver uma discussão, a primeira digna desse nome. Ela, porém, não fará nada para evitá-la. Retira do chapéu as longas agulhas, violentamente, como punhais de suas bainhas, e senta-se de frente para o perigo.

— Você poderia muito bem ter ido me buscar, meu caro. Poderia assim ter me vigiado à vontade!

— Nunca se está à vontade quando se vigia! — deixa escapar Antoine.

Indignada, Minne se levanta num salto.

— Ah, então você confessa: você me vigia! Isso é novo para mim, e lisonjeiro!

Ele nada responde, esmigalhando a casca do pão na toalha.

Sim, ele a está vigiando. Minne, com o espírito ausente, há algum tempo não presta muita atenção a Antoine. Ele está mudado; fala e come menos, dorme pouco, lentamente invadido por uma inquietude de rosto tríplice: Minne! O sorriso, o sono atormentado, depois o riso insultante dessa pequena Hécate se sobrepõem no espírito de Antoine para gravar a face misteriosa de uma desconhecida, uma estranha...

"Eu demorei muito", diz para si mesmo com triste ironia.

Tinha levado para seu escritório, dentro da pasta, retratos de Minne em diferentes idades para compará-los. Aqui, tinha sete anos, um rosto pontudo de gatinho magro. Ali, doze anos, longos cachos, e já com que olhos! "Era preciso ser muito idiota para não ficar preocupado com tais olhos!..." E aqui rígida, desajeitada, a boca triste: foi o ano em que a achamos desmaiada na entrada, os cabelos cheios de barro...

"Sim, sim, fui um idiota, e continuo sendo! Mas, meu Deus, ela é minha, minha, e eu acabarei por..." Mas ele não sabe por onde começar, e, na falta de jeito da sua juventude, começa com um inquérito e uma cena.

Diante dele está sentado o seu tormento, sério e inacessível. O que significa esse lábio crispado, branco de raiva? Um detalhe a mais desconhecido desse rosto que ele pensava conhecer todo, desde o nácar malva das pálpebras até as finas árvores das veias? Será que a cada dia ela vai trazer uma beleza mudada para enlouquecê-lo?...

— Você não está comendo?

— Não. Seu procedimento tão novo não dá vontade de comer e eu precisarei de tempo para me habituar.

"É isso", pensa Antoine, com raiva. "Ela sai, não sei para onde, enquanto trabalho, e é ela que se sente ofendida! Ah! Que tipo de marido tenho sido até agora!..."

— Então, eu não posso dizer nada? — grita ele. — Você pode andar por aí o dia inteiro sei lá com quem e onde, e se eu ouso reclamar a *senhorita* vai...

— Perdão: *senhora*! — interrompe ela friamente. — Você se esquece de que somos casados.

— Raios! Não, eu não esqueço isso! Isso tudo precisa mudar, e vamos ver...

Minne se levanta, dobrando o guardanapo.

— Que vamos ver, se não é indiscrição?

Antoine faz esforços prodigiosos para permanecer calmo e golpeia a toalha com a ponta de uma faca. Sua barba treme, uma veia treme em seu nariz aquilino... Minne, com mãos lentas, levanta da folhagem do centro de mesa uma planta que cai...

— Vamos ver! — explode ele. — Nós vamos ver por que você já não é mais a mesma!

— A mesma o quê?

Ela se mantém de pé defronte dele, as mãos abertas sobre a mesa. Ele contempla essa cabeça atenta, o fino queixo triangular, os olhos indecifráveis, os cabelos ligeiramente prateados...

— A mesma de antes, por Deus! Afinal eu não sou cego, que diabo!

Ela mantém a mesma postura beligerante e pensa: "Ele não sabe de nada. Mas vai começar a me aborrecer." Bastaria um carinho, um braço pousado no ombro, e o domaria, o atrairia, confuso e apaixonado, enternecido pela mágoa, até ela. Ela bem o sabe. Mas não lhe estenderá a mão. Essa brusca desconfiança de Antoine, a perseguição do barãozinho Couderc, que a cerca mas ainda não a ameaça. Minne as registra, passiva, como deploráveis ocorrências do seu destino.

Antoine mordisca uma violeta olhando para o ventre polido da lâmpada. O esforço, a atenção que põe para escutar, aumentam nele a dor, curvando-lhe a nuca e crispando-lhe o maxilar inferior... Minne não terá visto em outra parte, não há muito tempo, esse semblante regular de bruto? A tribo que seus sonhos infantis amavam abundava de nucas curtas, de maxilares musculosos, de cabeças estreitas aureoladas por rudes cabelos...

O suspiro tão leve de Minne perturba o silêncio. Antoine se levanta, quase em jejum, e vai parar no salão, sobre o sofá que acolheu o culpado sono de Minne. Abre e dobra com um exagerado barulho seu jornal pousado sobre o sofá.

"*Na Manchúria...* Que se danem os brancos e amarelos! E os teatros, então! *Indiscrição durante a pré-estreia...* Que povo idiota que nós somos... *Moça de boa família deseja contrair matrimônio... Agência Camille, informações de todos os tipos, investigações delicadas, pesquisas...* Casas nojentas de chantagem!"...

De repente, sente-se cansado, só e infeliz. "Eu sou um infeliz...", repete em voz baixa, com desejo de gritar bem alto essas palavras para que o som de sua voz o enterneça, dissolva-o em lágrimas apaziguadoras. Um barulho de mastigação chega até ele da sala de jantar; pela porta entreaberta, Antoine pode ver sua mulher, sentada como uma amazona na ponta da mesa. Minne belisca amêndoas secas de uma compoteira.

"Ela jantou!", pensa Antoine. "Ela jantou, portanto não me ama!"

Quer de agora em diante entregar-se ao silêncio, à dissimulação, e então retoma a leitura do seu jornal: *"Agência Camille, investigações delicadas..."*

Minne, você pode me receber num dia desta semana, amanhã, por exemplo? Se você não quiser vir à minha casa, poderíamos marcar um encontro no British: antes de quatro horas sempre está vazio.
Jacques

"Que carta mais boba!", pensa Minne, encolhendo os ombros. "Ele escreve como um caixeiro de loja, esse pequeno Couderc."

Ela relê: "Minne, você pode me receber..." e se queda pensativa, o indicador entre os dentes cortantes. Esse bilhete é perturbador pela sua falta de jeito. E ainda a dureza da letra, a ausência de uma fórmula respeitosa ou terna... "E se eu me aconselhasse com Maugis?" Diante dessa ideia extravagante, seu audacioso sorriso desabrocha. Ela anda nervosamente pelo quarto, tamborilando a vidraça na qual se encosta um gomo de castanheiro inchado e pontudo como uma flor em botão... O vento fraco, que cheira a chuva e primavera, levanta a cortina de tule. Uma desolação sem finalidade, um desejo vazio, embriaga o coração da criança solitária, que sua indiferença física conserva iniquamente, absurdamente pura apesar de suas faltas, que procura, entre os homens, seu desconhecido amante.

Ela os toca, depois os esquece, como uma amante enlutada num campo de batalha revira os mortos. Olha-os no rosto, e os rejeita, dizendo: "Não é ele."

— O Sr. Maugis?
— Ele saiu, senhorita.

Minne não previra isso.

— O senhor não sabe quando ele volta?
— A irregularidade de seus hábitos não permite fazer conjeturas, senhorita.

A "senhorita", espantada, levanta os olhos para o homem que fala, reconhecendo que esse rosto barbeado não é de nenhum criado. Então hesita:

— Poderia deixar um bilhete?

O jovem imberbe dispõe em silêncio na mesa do vestíbulo o necessário para escrever. Faz evoluções com uma presteza de bailarino e remexe as cadeiras.

"Caro senhor, passando por aqui, entrei..."

Minne não escreve com facilidade. Sua imaginação, que desenha com traços fortes, mordazes, recusa o socorro lento da escrita.

"*Caro senhor, passando por aqui, entrei...* E esse ser atrás de mim! Estará ele com medo de que eu leve os papéis de carta?"

Uma porta se abre e uma voz conhecida, uma voz de moça embriagada, soa, doce, aos ouvidos de Minne:

— Hicksem, conduza a senhora até o salão. Querida senhora, queira desculpar a severidade de uma sentinela que protege minha austera solidão...

Maugis tira seu jabô redondo e deixa passar Minne, que entra, deslumbrada por uma onda de luz amarela, numa grande peça mobiliada de carvalho escuro.

— Oh! É tudo amarelo! — exclama ela, alegremente.

— Mas sim! O sol ao alcance de todos, a Provença em casa! Me custaram duzentos francos de gaze botão de ouro. E tudo isso para quem? Somente para a senhora.

Seu braço designa enfaticamente as cortinas amarelas esticadas nos vidros. Os cílios dourados de Minne batem. Ela se lembra dos banhos de sol onde seu corpo esguio de menina se esquentava, nu, no quarto da "Casa Seca"... Casa velha de esqueleto sonoro, coberta de ervas azuladas onde ela corria com Antoine, e onde se iniciou seu fraternal idílio... Mas onde está o ramo rosado da begônia que golpeava os vidros com suas flores tubulares?

Um pouco alucinada ela se vira para Maugis como para perguntar-lhe, mas se cala ao perceber a presença do efebo barbeado que lhe abriu a porta. Maugis compreende.

— Hicksem, você não tem nenhuma compra a fazer no bairro?

— Claro que tenho — responde o outro, sem que seus olhos móveis de roedor traiam outra coisa senão uma cortês indiferença.

— Olhe, eu não tenho mais fósforos. Há uma ótima loja, na Rive Gauche, que os vende a dois centavos a caixa: percebe o que quero dizer? Você me traz uma caixa como amostra. Deus o guarde, meu senhor! Até amanhã de manhã...

O jovem cumprimenta, rebola e desaparece.

— Quem é ele? — pergunta Minne, curiosa.

— Hicksem.

— O quê?

— Hicksem, meu secretário particular. É muito agradável, a senhora não acha?

— Se assim lhe parece.

— Pois me parece absolutamente. É um rapaz precioso. Ele se veste muito bem, e isso sempre impressiona os credores. E depois tem maus costumes, graças a Deus, esse homossexual vestido em Londres.

Minne ergue umas sobrancelhas assustadas... Então esse gordo Maugis, ele... Mas este a tranquiliza, familiar e zombeteiro:

— Não, minha jovem, a senhora me compreendeu mal. Com Hicksem, eu estou tranquilo: posso receber uma amiga, duas amigas, três amigas, ao mesmo tempo, ou uma depois da outra, sem que me atormente a seguinte preocupação: "Da próxima vez, ela virá somente por mim, ou pelas vinte e cinco primaveras do meu secretário?" Sente-se aqui, este jarro cérulo combina com seus cabelos...

Ele se instala no fundo de uma *bergère*, aproxima uma mesa onde tremem alguns lírios... Minne senta-se espantada de encontrar Maugis tão cordial e o deixa perceber sua admiração; ele lhe sorri ingenuamente.

— Se não fosse a minha incorrigível vaidade, pequena e encantadora senhora, eu pensaria, ao vê-la, que se enganou de porta.

Ela passa a mão sobre os olhos com uma graça não muito alegre.

— Espere! Tudo aqui é muito estranho para mim.

Maugis pavoneia-se dobrando o queixo:

— Oh, pode continuar falando! Eu sei que "tudo aqui é muito bonito", e gosto de ouvir alguém dizê-lo.

— Sim, é lindo... mas não combina com o senhor.

— Tudo combina comigo!

— Não, quero dizer... nunca poderia imaginar que fosse assim o lugar em que vive.

Ela conserva as mãos unidas, movendo os ombros enquanto fala, como um bicho delicado com as patas amarradas. Maugis é tomado de tanta admiração que nem pensa em tocá-la... Um silêncio passa entre os dois e os separa. Minne sente uma vaga confusão, um mal-estar, que ela traduz com estas palavras:

— A gente se sente bem aqui.

— De verdade? Todas as damas me dizem essas coisas amáveis. Venha ver!

Ele se levanta, segura o braço de Minne sob o seu e se emociona por senti-lo tão pequeno, morno contra si...

— Para as meninas bem-educadas, tenho essa boneca que Ajalbert me trouxe da Batávia: veja só!

Ele aponta para, sobre uma mesa, a mais selvagem divindade que um escultor já criou em marionetes javanesas, vestida de ouropel vermelho, a cabeça pintada sorrindo com uma boca estreita e maquiada, enquanto os olhos conservam uma gravidade voluptuosa, uma serenidade irônica que impressiona Minne...

— Ela se parece com alguém... alguém que conheci em outros tempos...

— Um gigolô?

— Não... Ele se chamava Cabelo de Anjo.

— É um dos meus pseudônimos — afirma Maugis, acariciando a calva rosada.

Minne inclina a cabeça para rir às gargalhadas e para de repente porque Maugis olha fixa e gulosamente a sombra deliciosa que realça seu queixo erguido... Ela, coquetemente, retira o braço.

— Vamos ver outra coisa, Sr. Maugis!

— Não me chame de "senhor", vamos!

— E como devo chamá-lo?

O gordo romancista baixa as pálpebras pudicamente.

— Eu me chamo Henry.

— Mas é verdade! Todo mundo sabe disso, pois você assina Henry Maugis! É estranho, não se pode pensar jamais que você se chama Henry, sem Maugis...

— Eu já não sou tão jovem para ser chamado pelo primeiro nome.

A voz de Maugis se velou de autêntica melancolia. Alguma coisa de novo floresce no coração de Minne, alguma coisa que nos seus pensamentos ainda não tem nome e que se chama compaixão... "Este pobre homem que não terá jamais de volta a sua juventude!..." Apoia-se no ombro de Maugis e sorri, generosa, oferecendo-lhe seu fino rosto sem rugas, seus olhos negros a que as janelas amarelas dão um reflexo dourado e a linha clara e cortante de seus dentes... É a primeira esmola desinteressada de Minne, esmola encantadora que o mendigo demasiado orgulhoso só aceita pela metade, pois Maugis se limita a beijar o rosto aveludado, a grade abaixada dos cílios, mas não morde a dócil boquinha...

Minne começa a desconcertar-se. Essa aventura em nada é parecida com as anteriores, pois não houve uma vez em que entrasse numa *garçonnière* sem se sentir, depois da exclamação de gratidão — "Enfim você veio!" —, abraçada, beijada, despida, possuída e decepcionada, antes das cinco e meia. Esse quarentão a ofenderia com sua circunspecção se não a desarmasse com um profundo sentimentalismo, que se adivinha nos ademanes cheios de precaução, no olhar prontamente embaciado...

Minne hesita sobre que atitude adotar. Os homens que a convidaram (inclusive Antoine) a se deitar numa cama, ela os podia tratar como primos dóceis, como camaradas pervertidos, a quem podia ordenar, imperiosa e despenteada: "Se você não me abotoar as botinas, nunca mais voltarei!", ou então: "Não me interessa se está chovendo, corra e me traga um fiacre!" Com Maugis ela não ousa... a diferença de idade a humilha e a reconforta. Conversar, sentada e vestida, com um homem em sua casa! Não soltar de repente na sua frente a onda lisa e prateada de cabelos presa por um veludo negro!...

Maugis conversa, mostra encadernações raras, uma Natividade de marfim, "do século XV alemão, minha menina!", que está ao lado de um fauno obsceno, enverdecido e enferrujado pela terra onde dormiu mil anos... Ela ri e se volta, uma das mãos em leque sobre os olhos...

— Está vendo? Durante mil anos! Durante mil anos esse pequeno ser de pés de cabra está pensando a mesma coisa, sem esmorecimento! Ah! Hoje em dia já não se fabricam objetos como este!

— Graças a Deus — suspira Minne, com uma convicção tão natural que Maugis a examina de viés, desconfiado: "Será que essa víbora da Irène Chaulieu falou a verdade? Será que Minne não se interessa por homens?"

Ele recoloca o fauno diante da Natividade e tira o colete claro que segura seu ventre:

— Há muito tempo que você não vê a Sra. Chaulieu?

— No mínimo há uns quinze dias. Por que me pergunta isso?

— Por nada: pensei que fossem íntimas...

— Não tenho amigas íntimas.

— Tanto melhor.

— O que isso lhe importa? E depois, francamente, eu não iria escolher a Sra. Chaulieu como amiga íntima... Você já observou suas mãos?

— Durante as refeições, jamais: arruinaria minha digestão.

— São mãos que parecem ter manuseado não sei o quê!
— É que de fato elas manusearam.
— Justamente. Elas me dão medo. Devem transmitir doenças...

Maugis beija as mãos finas de Minne, lindas patas secas de corça branca.

— Como eu gosto de ver em você, minha menina, essa preocupação de higiene! Pode crer que aqui você encontrará os últimos refinamentos de antissepsia moderna, e que o xerol, o timol, o lisol fumegarão a seus pés, como incenso escolhido... E se você tirasse esse chapéu? Lewis é certamente um grande homem, mas você parece uma senhora em visita. A estola também... Deixe tudo junto com as luvas sobre a mesinha: seção de modas.

Minne está se divertindo, e ri descontraída: "Não seria o pequeno Couderc que teria me divertido tanto, que teria sabido me fazer esquecer por que estou aqui... De qualquer forma, tenho de chegar lá..."

E, já que veio para isso, prossegue metodicamente: tira o cinto de pele flexível, deixa escorregar a seus pés a saia, depois a anágua de *liberty* branco... E eis que, antes que Maugis, atônito, tenha tido tempo de exprimir um desejo, Minne se levanta, desenvolta, só de calça. Calça justa que despreza a moda, aperta a coxa elegante, liberta o joelho perfeito...

— Santo Deus!? — suspira Maugis, corado. — É para mim tudo isso?

Ela responde com um trejeito travesso, e espera, sentada no sofá, sem que a pouca roupa que usa a deixe embaraçada, nem os gestos pareçam imodestos. A luz amarela despeja reflexos que caem em seus ombros, enverdecendo o cetim cor-de-rosa do espartilho. Um fio de pérolas, não maiores que grãos de arroz, brinca sobre as duas pequenas concavidades por cima das clavículas...

Maugis, sentado perto dela, tosse e se congestiona. O perfume de verbena ao limão se propaga em ondas até ele, umedecendo-lhe a língua com uma acidez de frutas... Tantas graças oferecidas, e que ele não ousara ainda implorar, não lhe são suficientes, porém. Embaraçado defronte dessa menina fria e tranquila, ele vê nela um ar ausente, um sorriso quase que deferente de menina prostituída treinada por mãe infame...

Minne tirou suas quatro ligas cor-de-rosa. O espartilho e a calça vão se juntar à "seção de modas"... Com um friorento encolhimento de ombros, Minne fez cair as alças de sua camisa e se inclina, nua até os rins, orgulhosa de seus pequenos seios separados, que, no seu desejo de parecer "mais mulher", inclina, esticada, na direção de Maugis.

Ele toca com precaução as flores desse casto peito, e Minne, cândida, não estremece. Ele estreita com um braço a cintura que, obediente, se dobra sem rebelião nervosa e sem nenhum sobressalto lisonjeiro...

— Pedacinho de gelo — murmura ele. Senta-se, e Minne, inclinada sobre seus joelhos, passa os dois braços em volta do seu pescoço, como um bebê sonolento que se vai levar para a cama. Maugis beija os cabelos de ouro, subitamente comovido pelos castos mimos passivos dessa menina nua, que deita em seu ombro uma cabeça mais resignada que terna... Esse corpo esbelto que ele nina, que capricho, que casualidade o jogou sobre os seus joelhos?...

— Meu pobre cordeirinho — murmura ele com um beijo. — Você não me ama, diga?

Ela descobre seu rosto sempre pálido, ergue para ele um par de olhos graves.

— Mas... sim... Muito mais do que eu pensava.

— Até o delírio?

Ela ri, maliciosa, retorcendo-se como uma cobrinha, e roça sua pele delicada na pele de carneiro do jaquetão de duros botões de corozo...

— Desde que aqui cheguei ninguém me levou a delirar.

— É uma censura?

Ele a levanta como uma boneca e ela se sente transportada até alcovas mais secretas... E, subitamente assustada, agarra-se a ele:

— Não, não! Por favor! Por favor! Não agora!

— O quê, então? Está dodói?

Minne respira tumultuadamente, com os olhos fechados. Seus seios frágeis ofegam. Parece lutar consigo mesma para desfazer-se de alguma coisa que lhe pesa... Depois se afoga em uma onda de lágrimas cujo arrepio Maugis sente estremecê-la toda. Grossas lágrimas, frescas e claras, que se mantêm suspensas nos cílios louros abaixados, antes de lhe escorrerem pelo rosto aveludado...

Maugis sente pela primeira vez faltar sua velha experiência com jovenzinhas...

— Isso, convenhamos, não é muito banal! Minha pequena menina, vejamos!... Eh!... eu mesmo já não sei! Que é que estamos parecendo, eu pergunto!... Vamos, vamos...

Leva-a para o sofá, deitando-a, ajeita sua combinação em pregas como uma tanga a envolver as cadeiras de Minne, alisa os suaves cabelos revoltos. Sua mão de abade gordo enxuga, ligeira, as lágrimas apressadas e coloca um travesseiro debaixo das cadeiras nuas de sua estranha conquista...

Minne se acalma, sorri, soluçando ainda um pouco. Ela contempla, como se tivesse acabado de acordar, esse quarto ensolarado. Um busto de mármore retorce seus ombros musculosos e voluptuosos contra um papel de parede de um verde agradável. Jogada no encosto de uma cadeira, uma túnica japonesa mais bonita que um ramo de flores...

Os olhos de Minne vão de descoberta em descoberta até esse homem sentado a seu lado. Esse gordo Maugis, com seu bigode de *demi-solde**, é algo mais que um bebedor de uísque, mais que um mulherengo? Ei-lo todo emocionado, a gravata torcida! Ele não é bonito, não é moço, e, no entanto, é a ele que Minne deve a primeira alegria de sua vida sem amor: alegria de se sentir querida, protegida, respeitada...

Tímida, filial, pousa sua pequena mão sobre a mão que cuidou dela, a mesma mão que, não faz muito tempo, levantou a sua combinação escorregadia...

Maugis funga e engrossa a voz:

— Está melhor? Não está mais nervosa?

Ela faz sinal que não.

— Um pouco de porto branco? Olhe, é um porto para crianças: puro açúcar!

Ela bebe em golinhos espaçados, enquanto ele a admira estoicamente. O linho transparente esconde-lhe metade das flores rosadas dos seios e deixa ver em cima da meia escura um pouco da coxa em forma de fuso!... Ah!, como ele possuiria com todo o seu coração, com todos os seus sentidos, essa menina tão grave sob seus cabelos prateados!... Mas ele a sente frágil e extraviada, infeliz como um animalzinho errante, temerosa de um abraço, doente por causa de um segredo inconfessado...

Ela estende o copo vazio.

— Obrigada. Já é tarde? Não está zangado comigo?

---

* Oficiais do exército de Napoleão I degradados pela Restauração. (N. da T.)

— Não, minha querida. Eu sou um velho senhor sem rancor e sem vaidade.

— Mas... eu queria dizer-lhe...

Ela veste lentamente o espartilho com mãos distraídas.

— Eu queria dizer-lhe... que... teria me desagradado o mesmo e, talvez mais, com um outro.

— Sim? De verdade?

— Oh! Sim, de verdade!

— Você sofre de fraqueza, doença, tem medo?

— Não, mas...

— Vamos! Conte tudo ao seu Maugis, a esta velha babá! Você não gosta disso, não é? Aposto que Antoine não tem muita...

— Oh! A culpa não é só de Antoine — responde Minne, evasiva.

— E... o outro? O pequeno Couderc?

Ao ouvir esse nome, Minne faz um movimento de cabeça tão selvagem que Maugis crê compreender.

— Ele é tão enfadonho assim, esse estudante?

— A palavra enfadonho é muito pouco para ele — responde ela friamente.

Tendo acabado de arrumar suas quatro ligas, ela se planta resoluta defronte de seu amigo.

— Eu dormi com ele.

— Ah! Isso me dá uma grande alegria! — responde Maugis sombriamente.

— Sim, dormi com ele. Dormi com ele e mais três outros, contando com Antoine. E nenhum, nenhum, você me compreende bem, me deu um pouco desse prazer que os derruba meio mortos ao meu lado; nenhum deles me amou bastante para ler em meus olhos minha decepção, a fome e a sede do que eu lhes dava!

Ela grita, estende os punhos fechados, bate no peito. É teatral e comovente. Maugis a contempla e a escuta com avidez.

— Então, jamais... jamais?

— Jamais! — repete ela, queixosa. — Será que sou maldita? Será que tenho uma doença oculta? Será que só encontrei na minha vida homens brutos?

Está quase vestida, mas seus cabelos despenteados caem ainda para trás como uma crina, sobre um dos ombros. Estende para Maugis mãos suplicantes.

— Será que você não queria tentar...?

Ela não se atreve a acrescentar mais nada. Seu gordo amigo se levantou com um salto de homem jovem e diz, segurando-a pelos ombros:

— Meu pobre amor! Agora sou eu que grito para você: "Jamais!" Eu sou um homem velho muito encantado com você, mas sempre um homem velho! Estou aqui perto de você, o gordo Maugis, com sua pança jovial metida no seu eterno colete claro, o Maugis e seu uniforme... Mas mostrar a você, agora que conheço sua ignorância, o animal que está debaixo do colete claro e da camisa plissada, ilustrar sua recordação com uma decepção maior que as outras, com uma obscenidade sem graça e sem juventude... Não, minha querida, jamais! Faça-me a única caridade de acreditar que tenho um pouco de mérito, e depois... e depois vá embora!... Antoine pode ficar preocupado...

Ela esboça um sorriso, uma última malícia.

— Faria mal...

— É verdade, minha Minne; mas nem todo mundo sabe que eu sou um santo.

— Mas se você quiser... Já não tenho mais medo...

Maugis recolhe na mão toda a cabeleira de Minne; lentamente, vai despenteando-a contra a luz, apenas pelo prazer de vê-la fluir...

— Eu sei. Mas seria eu que teria a vida por um fio!

Ela não insiste mais, ajeita rapidamente os cabelos, e parece contemplar a profundidade sombria de seus pensamentos. Maugis vai lhe dando um a um os pequenos pentes cor de âmbar, o turbante de veludo preto, o chapéu, as luvas...

Ei-la exatamente como chegou, e toda a sensualidade do gordo homem grita de pesar, agita-se ferozmente... Mas Minne, já pronta para sair, a mão apoiada na sombrinha, mostra-lhe um encantador novo rosto, os olhos lânguidos de lágrimas, uma boca acariciadora e triste. Com um olhar ela circunda as paredes de um verde pálido, as janelas onde o dia morre cor de tangerina, a túnica japonesa que flameja da penumbra, e diz:

— Eu vou embora daqui com muita pena... Você não pode imaginar a novidade que representa para mim semelhante sentimento...

Maugis inclina a cabeça muito sério.

— Eu sei. Não tenho feito muitas coisas boas em minha vida... Deixe de presente essa flor para minha lapela: seu pesar.

Com a mão já na porta, Minne implora baixinho:
— E que farei agora?
— Reencontrará Antoine.
— E depois?
— Depois... não sei... Passeios, esportes, ar puro, obras de caridade...
— Costura.
— Oh, não! Estraga os dedos. Resta também a literatura...
— E as viagens. Obrigada. Adeus...

Ela estende o rosto, hesitando por um momento, os lábios entreabertos.

— O que foi, minha pequena criança?

Franzindo o arco puro das sobrancelhas louras, quisera ter dito: "Você é uma surpresa em minha vida, uma surpresa terna, algo dolorosa, um pouco engraçada, muito melancólica... Você não me deu o tesouro que me é devido, e que irei procurar até dentro do lodo; mas desviou dele os meus pensamentos, surpreendida ao saber que um amor diferente do Amor pode florescer na própria sombra do Amor. Você me deseja e renuncia a ter-me. Existe, pois, em mim alguma coisa que tem mais valor para você do que minha beleza?..."

Ela encolhe os ombros com um gesto cansado, esperando que Maugis compreenda tudo quanto se encerra de vacilação, de debilidade, de gratidão também, no aperto de sua pequena mão enluvada... O grande bigode roça novamente seu rosto cálido... Minne já se foi.

Vai quase correndo, e não é que se digne preocupar-se com a hora, ou mesmo com Antoine. Corre porque seu estado de espírito se harmoniza com a pressa e com o movimento. Ela desce a avenida de Wagram, surpresa de ver o ar tão azul ao sair do quarto amarelo. As árvores japonesas juncam o passeio da avenida com suas larvas murchas e a noite primaveril gela esse fim de tarde amena.

De repente sente alguém atrás de si, alguém que a segue e se aproxima. Ela se vira, reconhecendo sem espanto esse menino desprezado que, no Palácio do Gelo, não se atreveu...

— Ah! — é tudo o que diz.

Jacques Couderc compreende perfeitamente a entonação, a intenção desse *ah!* que quer dizer: "É você? Ainda? Com que direito?..."

Ela está na sua frente, simples, decidida, os cabelos menos lisos que de costume, uma de suas mãos nuas apertando as pregas da saia comprida...

Ele está desesperado de antemão. Dessa boca fechada não sairá uma palavra de piedade e esses olhos negros onde o cair da tarde reflete um fogo cor-de-rosa estão dizendo claramente que morra, que morra ali mesmo, imediatamente... Ele abaixa a cabeça, arranha o asfalto com a ponta da bengala. Sente sobre si os olhos impiedosos que avaliam seu enfraquecimento pelas dobras do sobretudo, o tremor debaixo das calças largas...

— Minne!...
— O quê!
— Estive seguindo você.
— Bem.
— Sei de onde você veio.
— E então?
— Estou sofrendo terrivelmente, Minne, e não consigo compreender nada.
— Não estou lhe pedindo que compreenda nada.

O som duro da voz de Minne provoca em Jacques uma dor física. E, suplicante, ele levanta seu rosto de garoto tuberculoso.

— Minne... você não me acha mudado?
— Pouco!... Um pouco pálido. Você devia ir para casa: o ar da noite é forte demais para você.

Ele engole a saliva com um movimento doloroso de garganta, e o sangue lhe sobe de um jato às faces, restituindo-lhe uma transparência juvenil.

— Minne... você está exagerando!
— Por favor!
— Você está exagerando... a despreocupação com que me trata! Você me deve uma explicação.
— Não.
— Sim, e agora mesmo! Não quer saber mais de mim? Não quer mais ser minha? Você... já não me ama?

Ela abandonou as pregas da roupa, mantém-se ereta diante dele, os punhos apertados na extremidade dos braços caídos. Ele volta a ver o terrível e tentador olhar que o desafia de alto a baixo.

— Responda-me! — diz ele entre os dentes.

— Eu não o amo. Tenho horror de você, de sua lembrança, de seu corpo... Enfim, tenho horror de você!

— Por quê?

Ela abre os braços, deixando-os recair com um gesto de perplexidade.

— Não sei. Garanto-lhe que não sei por quê. Existe alguma coisa em você que desperta a minha cólera. A forma do seu rosto, o som da sua voz, é como... é pior que um insulto. Eu queria saber por quê, pois na verdade é estranho, quando se pensa...

Ela fala com moderação, procurando palavras que atenuem sua aversão selvagem e sem medidas, que a humanizem, que a tornem compreensível...

— Você dorme com esse velho! — grita ele, ferido.

— Que velho?

— O velho da casa de quem você acaba de sair, esse velho bêbado, careca, esse... esse...

Um sorriso estranho baila no rosto de Minne.

— Não procure mais epítetos! — interrompe ela. — É outra história que você tampouco compreenderia...

Ela respira profundamente, seus olhos abandonam o rosto do inimigo, perdendo-se no céu malva de inverno...

— Eu mesma já tenho muita dificuldade — prossegue ela — em compreender alguma coisa!

Jacques se equivoca: crê estar ouvindo a confidência de uma paixão quase inconfessável e aperta os dentes.

— Eu a matarei — murmura.

Ela, porém, está pensando em outras coisas, os olhos distantes.

— Está me escutando, Minne?

— Desculpe... Você dizia...?

Ele percebe o ridículo. Uma ameaça dessas não se repete, executa-se...

— Eu a matarei — repete ele mais brandamente. — E me matarei em seguida.

O rosto de Minne se ilumina com uma alegre ferocidade.

— Agora mesmo! Agora mesmo! Mate-se antes de mim! Desapareça da minha vida, vá embora, morra! Como você não pensou nisso mais cedo?

Ele a olha, atônito. Ela o precipita para a morte como para o fim inevitável...

— A morte... Você a deseja verdadeiramente para mim? Verdadeiramente? — pergunta ele, estranhamente serenado.

— Sim! — exclama Minne de todo o seu coração. — Você me ama, eu não o amo: será que para você não está dito tudo? Não será a morte o remédio para uma vida sem amor?

O jovem que ela destina à morte parece a ponto de compreendê-la e se entrega:

— Ah! Minne, então é isso, é isso! Depois de você, todas as outras mulheres...

— Não existem outras mulheres se você me ama!

Ele repete, como um eco:

— Não, Minne, não existem outras mulheres...

— Quando se ama não se deve poder trocar de amor, não é? Quando se ama... morre-se e vive-se do mesmo amor, não é verdade? Diga isso você mesmo! Diga!

— Sim, Minne.

— Espere, diga ainda... Você me amou assim inesperadamente, sem saber o que aconteceria, sem prever coisa alguma? Sim?... E, o amor chega assim, de repente, na sua hora? Ele se apodera de alguém que se crê livre, de alguém que está se sentindo tremendamente só e livre?

— Oh, sim! — geme ele.

— Espere! O amor, já me disseram, pode chegar em qualquer idade? Ele pode chegar... diga-me, você que ama!... para os enfermos, para os malditos, para... mim mesma?

Jacques assente gravemente.

— Que um deus o escute! — exclama ela com fervor. — E, se de fato você me ama, deixe-me em paz para sempre!

Ela corre novamente em direção à avenida Villiers, leve, liberta. Realiza maquinalmente os gestos de todos os dias, entra no vestíbulo, despede o elevador, toca a campainha e se acha defronte de seu marido... Antoine a esperava.

— De onde vem você?

Ela pisca com a luz forte, olha para o marido, desconcertada.

— Eu... estava fazendo compras.

Ela respira apressada, suas mãos nuas atormentam desajeitadamente o nó do véu. Seus olhos com grandes olheiras vagueiam desorientados, quase assustados, e o chapéu que tirou mostra uma suntuosa desordem de cabelos despenteados...

— Minne! — grita Antoine com voz trovejante.

Muito pálida, ela protege o rosto com os braços levantados, e esse gesto deixa ver a echarpe mal arrumada... Sua inocência se enfeita de um encantamento tão culposo que Antoine não duvida mais:

— Santo Deus, de onde vem você?

Como ele é alto, negro, defronte do abajur! Seus olhos se curvam pesados, iguais aos de um selvagem...

— Você não quer me dizer de onde vem?

Minne se revê, casta e nua, no colo de Maugis. Sua recordação se volta para o quarto amarelo e verde, para o conquistador sentimental que nada quis dela e a mandou embora, triste, feliz, comovida... Uma mão, que não acariciou seus seios nem suas pernas, enxugou-lhe as lágrimas... É doce, pungente, de uma amarga frescura de água marinha...

— Você ainda ri, sua suja? Eu a farei rir!

— Eu o proíbo de me falar nesse tom!

A voz rude feriu Minne, que se redescobre, dura, mentirosa e corajosa.

— Você me proíbe! Você me proíbe!...

— Isso mesmo, eu o proíbo. Não sou nenhuma empregadinha que passou a noite fora!

— Você é muito pior que isso! Estou farto de...

— Se você já está farto, pode ir embora!

Despenteada, a boca caída, o corpo frágil encostado na lareira, Minne reúne em seus olhos admiráveis todo o desafio de um ser humano obstinado, animalzinho irritado cuja aparente debilidade não passa de uma mentira a mais... Antoine aperta o encosto de uma cadeira e respira como um cavalo.

— Diga-me de onde vem!

— Estava fazendo compras.

— Está mentindo!

Ela encolhe os ombros, desdenhosa.

— Para quê?

— De onde vem você, sua...

— Você me aborrece. Vou me deitar.

— Tenha cuidado, Minne!

Ela zomba dele, com o queixo erguido:

—Ter cuidado? Mas eu não faço outra coisa se não isso, meu caro amigo!

Antoine abaixa a cabeça, mostrando a porta com um dedo.

—Vá para o seu quarto! Eu sei que não cederá nunca e não quero romper com você antes de saber...

Ela obedece lentamente, arrastando a longa saia. E como ele aguça os ouvidos, esperando não se sabe o quê, ouve, como um clique seco de revólver que se arma, o estalo do ferrolho.

Tendo pedido ao chefe a tarde livre, Antoine sobe a passos largos o bulevar des Batignolles. Procura a rue des Dames... a Agência Camille, na rue des Dames! Há ali uma intenção do destino que fascina amargamente Antoine. Sua imaginação inventa, na rue des Dames, uma espécie de grande administração, uma polícia do adultério feminino, mil sabujos espalhados por Paris seguindo mil damas enganadoras...

Rue des Dames, 117... A casa tem mau aspecto. Antoine procura, tateando, a casa do porteiro, encravada na sobreloja... Um cheiro de repolho fervendo em fogo brando guia-o até uma porta entreaberta.

— A Agência Camille, por favor?
— Terceiro à esquerda.

A escada mofada emerge do escuro, com degrauzinhos baixos. Antoine tropeça sem ousar tocar no corrimão viscoso... No terceiro andar, um pouco de luz que vem de um pequeno pátio permite que se leiam gravadas numa placa desbotada as palavras: *Agência Camille, informações.* Não existe campainha, mas um papel escrito a mão pede ao visitante que entre sem bater.

"Será que devo entrar? Que lugar horrível! E se eu voltasse?... Sim, mas o chefe só me deu uma tarde..."

Ele se decide, gira a maçaneta, e novamente se vê no escuro. Tudo cheira a cebola e a cachimbo apagado... Vai fazer meia-volta quando uma voz violenta atrás de uma porta o detém:

— Estúpido cretino! Você falhou de novo, hein? Perdeu a mulher, não? Que maneira de seguir alguém! Logo numa loja grande é que você vai perdê-la! Mas eu teria vergonha, teria vergonha de dizer que perdi uma cliente numa loja grande. Uma criança de sete anos seria capaz de seguir um rato de esgoto numa loja grande!

Um silêncio... Depois, o murmúrio de uma voz que se desculpa...

— Sim, sim, vá dizer isso ao marido enganado! Eu, meu amigo, já estou cheio de aguentar você e acho que você só precisa de um pontapé na bunda!

Antoine enrubesce e sua na obscuridade, com a absurda impressão de que o marido enganado de que estão falando lá dentro é ele... Espicaçado, bate na porta invisível, não espera resposta e entra...

A peça não tem móveis, é úmida, limpa à primeira vista, embora uma camada de umidade tenha embaciado o espelho de dourados avermelhados.

Um indivíduo fecha rapidamente uma gaveta aberta, onde se viam um pedaço de pão, o rolo prateado de um salame de Lyon e um cassetete americano.

— O senhor deseja alguma coisa?

Antoine se adianta e tropeça no grande pé de um ser triste, sentado junto da lareira sobre uma pilha de cartões, verdes, um ser alto, ossudo, uma figura assimétrica de seminarista que acaba de deixar o hábito religioso depois de uma descompostura do prior.

— Desejo falar com o Sr. Camille.

— Sou eu, cavalheiro.

O Sr. Camille encurva-se diante de Antoine com uma autoritária desenvoltura, justificando a elegância francesa de suas roupas: colete de veludo cor de ameixa com botões cinzelados, paletó redingote, colarinho duro, plastrão violeta com um alfinete em forma de ferradura...

— Sente-se, cavalheiro. Em que posso servi-lo?

— Eis o que me traz aqui: desejava informação sobre uma pessoa... Não que eu tenha suspeitas, mas sempre gosto de estar bem-informado...

O Sr. Camille levanta uma mão de pregador em que reluzem anéis.

— É o dever de todo homem sensato!

Em seguida, levanta o queixo com ar indulgente e bem-informado e belisca seu bigode de domador de circo, enquanto os olhos de rufião observam Antoine, descobrindo nele o imbecil, o imbecil abençoado...

— Para dizer-lhe tudo, trata-se de minha mulher. Sou obrigado a deixá-la só durante o dia todo, ela é muito jovem, influenciável... Daí eu desejar que o senhor me informe hora a hora o uso que minha mulher faz de seus dias.

— Nada mais fácil, senhor.

— Seria preciso utilizar alguém muito hábil: ela é muito inteligente e desconfiada...

O Sr. Camille sorri, com os polegares enfiados nos bolsos do colete.

— Isso vem a calhar, senhor, tenho alguém de confiança, um desses gênios ignorados e modestos...

— Ah, sim! — exclama Antoine, interessado.

Com o queixo, o Sr. Camille aponta o ser sentado no canto da lareira, que arredonda antecipadamente os ombros para a batida seguinte.

— Mas como? Esse?

— É meu melhor agente, senhor. E agora, se me permite, vamos combinar a questão dos honorários...

Antoine, desanimado, já não escuta mais: sabe que pagará tudo o que pedirem... sem nenhuma esperança.

"Estou sem sorte nenhuma", pensa ele. "Esse mártir idiota jamais será capaz de seguir Minne... Foi muito azar cair neste pardieiro, quando devem existir, no mínimo, trezentas agências, sem dúvida muito melhores... Tudo conspira contra mim!"

Ele desce as escadas negras que cheiram a repolho e a latrina e ainda crê ouvir uma voz furiosa que grita:

—Vai me perder a mulher logo numa grande loja! Vá dizer isso ao corno para ver se ele aceita!

"Eu teria preferido", exclama Minne para si mesma, "ser infeliz. As pessoas não percebem que a ausência de infelicidade pode entristecer. Um bom infortúnio, agudo, alimentado, renovado a cada hora, um inferno, mas um inferno variado, móvel, animado, isso anima, colore a vida!"

Sacode a fluida cabeleira em cima de seu vestido branco e repete, Mélisande que se ignora: "Já não sou mais feliz aqui..."

Antoine saiu de casa há pouco sem perguntar se sua mulher tinha acordado; mas deixou um aviso de que ela almoçaria só...

"É uma pessoa", pensa ela, "difícil de entender! Tantas vezes eu o enganei e ele sempre contente. Depois que mando Jacques Couderc embora, para o raio que o parta, e que Maugis me trata como uma irmãzinha, é que resolve ficar desse jeito..."

A verdade é que Antoine, transtornado pela ideia de que um espião seguirá Minne o dia todo, fugiu. Sua Minne, sua Minne perversa, mantida horas inteiras na ponta de um fio invisível, sua Minne correndo alegre e culpada para o adultério, gritando "Cocheiro!" com voz aguda e impaciente, ignorando que um olho, atrás dela, anotará a hora, o lugar, o número do fiacre!

Fugiu, depois de uma noite horrível, pois seu amor revoltado está prestes a ficar do lado de Minne, a dizer-lhe: "Não vá lá! Um homem mau vai seguir você!" Fugiu cheio de lágrimas, certo de que acabava de matar sua felicidade... "Ela me foi dada para que eu a fizesse feliz", pensa ele em defesa de Minne, "mas ela não jurou que seria feliz por mim..."

Essa noite ele desejou a velhice, a impotência, mas não a morte. Amadureceu com projetos, mas nenhum de separação. Previu finais amargos e humilhantes, pois o maior amor é aquele que consente em repartir... E cada vez que, em sua cama detestada, retorceu o corpo dizendo: "Isso não pode continuar assim!", admitiu em seus pensamentos a renúncia a todas as coisas, menos a Minne...

À mesma hora em que Antoine mata o tempo, naufragado numa triste *brasserie*, Minne sai de casa. Sai por sair, atraída pelo sol, indecisa e sem intenções...

No céu, nuvens brancas varrem um insípido azul. Minne levanta em direção ao azul um nariz coberto de tule e desce a avenida.

"E se eu fosse à casa de Maugis?" Ela para um instante, seguindo adiante. "Sim, vou à casa de Maugis", franze as sobrancelhas, "o que me impede? Perfeitamente, vou à casa de Maugis. Se ele não estiver... bem, voltarei. Vou à casa de Maugis..."

Ela dá meia-volta para subir em direção à praça Pereire, e bate com a sombrinha num senhor, ou melhor, num homem que andava nos seus calcanhares. Desculpa-se em tom irritado, porque o homem cheira a tabaco e a cerveja azeda.

Repete, resoluta, a cabeça erguida: "Vou à casa de Maugis!", mas não se mexe...

"Se eu for, Maugis vai pensar que só vim para isso..."

Ela para e não reconhece a flor tardia cuja eclosão a perturba como uma nova adolescência: o pudor, que talvez só seja um escrúpulo sentimental. Ela desperdiçou sem proveito seu corpo ignorante, entregando-o e depois retomando-o. Mas jamais pensou que dar implica cair, e não existe nada mais virgem que a alma orgulhosa de Minne... Seu movimento de cabeça desalentado recusa ao mesmo tempo um fiacre que passa rente à calçada. Volta sobre seus passos, descendo novamente em direção ao parque Monceau: "Não tenho vontade de nada, não sei o que fazer... Queria ter ao menos alguém para mortificar..."

Apressa o passo, seguindo com o olhar o véu branco de uma nuvem que vagueia em cima dela e não se dá conta de que esse seu gesto descobre como que propositalmente a encantadora covinha de seu queixo, a parte interior úmida de seu lábio superior...

Alguns passos à frente caminha um homem de quem reconhece vagamente a cor, o desmazelo, os cabelos compridos caídos num colarinho duvidoso... "É o homem em quem esbarrei com minha sombrinha há pouco."

Chegando ao parque Monceau, para um instante, repousando os olhos nos gramados de um verde ardente e fresco de pimenta, depois continua, intrigada: o homem ainda está atrás dela, enrolando um cigarro, com ar ausente. Tem um grande nariz meio torto colocado negligentemente no rosto...

"Será que ele teria a ousadia de seguir-me? É bem asqueroso esse tipo! Deve ser um sátiro ou um tarado, um desses famosos bolinadores... Bem, veremos!"

Começa a andar novamente: a avenida Messine oferece sua suave inclinação, que dá vontade de correr e de brincar com arco. Minne aperta o passo, feliz de sentir o bater de seu sangue nas orelhas rosadas...

"Que rua é essa aí? Miromesnil? Tomemos a Miromesnil. O sátiro está no seu posto. Que estranho, esse tarado! Tão vago e tão cansado! Os sátiros geralmente são barbudos e ruivos e têm um olhar cínico, um pouco de palha nos cabelos, ou então folhas secas..."

Para perto de uma vitrine de uma loja de artigos de couro, tempo bastante para poder contar todas as coleiras eriçadas de pelos de texugo cravejadas de turquesa que a moda impõe aos cachorros de boa sociedade. O sátiro, paciente entre todos os sátiros, espera respeitosamente a distância e fuma seu quarto cigarro. É a muito custo que ele desliza até ela um olho amarelento. Cospe depois de uma fungação imunda: cospe à vista de todo mundo, e Minne, com o estômago embrulhado, teria preferido qualquer tipo de ultraje ao pudor a essas cusparadas copiosas... Ela vira as costas revoltada, retoma seu caminho. No *faubourg* Saint-Honoré, uma confusão de carros os separa. De uma calçada à outra, ela bem que mostraria a língua para ele; mas quem sabe se isso não provocaria no monstro um erótico furor?...

Com um ombro torcido, ele descansa sobre uma perna, aproveitando a parada para escrever alguma coisa num caderno, depois de consultar o relógio; esse gesto basta para dissipar o erro de Minne: o sátiro, esse ser abjeto, esse repugnante admirador, é um vil assalariado!

"Como pude me enganar? Foi Antoine que o mandou seguir-me!... O desastrado, o desastrado, o colegial! Um colegial! Ele não será nunca mais que isso!... Ah! Você paga a alguém para andar? Pois ele vai andar, eu lhe garanto!"

Ela dispara, esbarrando nos transeuntes, esgueira-se, sentindo-se com pernas de carteiro...

"A Madeleine?... Tanto faz lá ou outro lugar. E depois os bulevares até a Bastilha. Perfeitamente! Sou eu quem conduz a caça hoje." Ela sorri um pequeno sorriso frio, revendo, longe, muito longe, uma Minne acossada, que arrasta coxeando um chinelo vermelho sem salto...

"Avenida da Ópera? O Louvre? Não há muita gente a esta hora." Escolhe a rue du Quatre-Septempre, cuja desolação está de acordo com o seu estado d'alma. Só tem armadilhas, barricadas, covas abertas, calçadas afundadas... Um abismo onde formigam serpentes... É preciso cruzar passarelas, bordejar trincheiras: o "sátiro" terá com que se distrair, pensa Minne.

De fato ele inspiraria pena se não fosse por sua intolerável lealdade. Ele fica vermelho, seu nariz brilha, e tantos cigarros devem ter despertado sua sede...

"Pobre homem!", pensa Minne. "Afinal, a culpa não é dele... Aqui está a Bolsa: estou com vontade de dar o golpe da rua Feydeau."

O "golpe da rua Feydeau"! Alegria inocente do primeiro adultério de Minne... Para encontrar-se com seu amante, o interno dos hospitais, ela entrava de véu numa casa da praça da Bolsa e saía pela rua Feydeau, mais contente de haver saboreado o encontro da casa de duas portas do que os braços do grande diabo luxurioso de barbas de cabra!... "Como está longe tudo isso!", murmura Minne... "Ah! estou envelhecendo!"

Por mais clássico que seja, "o golpe da rua Feydeau" hoje tem um êxito enorme. Praça da Bolsa, Minne entra pelo pátio do número 8, saindo na rua Feydeau, e vai parar dentro de um táxi providencial.

Embalada pelo tique-taque do taxímetro, Minne estica sobre a banqueta seus pés calçados com sapatos de verniz, que tão ativamente caminharam. Sente-se cheia de malícia e mansidão, e sua raiva contra Antoine repousa; Minne se enlanguesce na vitória.

São apenas cinco horas quando chega à avenida Villiers. Pensa que vai poder aproveitar duas horas compridas de robe, os pés nus nos pequenos mocassins de couro de gamo cru... Mas está dito desde já que o sol que beija as cortinas rosas não velará o doce descanso de Minne: Antoine já chegou!

— Como? Já em casa?

— Dá para ver.

Ele também deve ter andado muito: é fácil adivinhá-lo pelo couro empoeirado dos sapatos.

— Por que não está no escritório, Antoine?

— Se alguém lhe perguntar, você dirá que não sabe de nada.

Minne pensa estar sonhando. Mas como? Ela chega afável, cansada, divertida por haver enganado o sabujo, e vem parar na frente desse urso grosseiro!

— Ah, é assim? Então, meu caro, se você tem tanto tempo sobrando, por que não me espiona você mesmo?

— Esp...

— É isso mesmo! Eu não sei aonde você foi, mas estou me lixando, sabe?! Que coisa! Palavra, esta tarde tive vergonha por você! Um homem a quem eu teria dado uma esmola! O quê? Não é verdade? Agora diz que estou louca! Quer que eu lhe dê meu itinerário? Você poderá conferir com o relatório de seus agentes!...

Ela recita com uma voz insuportável:

— Saída de casa às três horas: atravessamos o parque Monceau, descemos pela avenida Messine, paramos na rua Miromesnil, defronte às coleiras dos cachorros, seguimos o *faubourg* Saint-Honoré, até...

— Minne!

Ela continua, sem descontar um só *carrefour*. Conta nos dedos, olha para ele com as pupilas móveis de filhote de águia irritado, insiste no detalhe da casa com duas portas, e, sem que Antoine saiba por quê, o ciúme que o atormentava como uma corda distendida, sensível e dolorosa, abranda-se, untado por um óleo benfeitor... Ele contempla Minne, não escuta mais sua cólera verborrágica. E descobre lentamente, face a face com essa criança fraca e furiosa, que estava a ponto de cometer o erro criminoso de tratá-la como uma inimiga. Ela está só no mundo, e é sua. Sua, mesmo que o engane; sua, mesmo que o odeie; sem outro recurso, sem outro refúgio senão ele próprio! Ela era sua irmã antes de ser sua mulher, e já então teria derramado por ela todo o seu sangue de irmão fervoroso. Ele lhe deve agora mais que seu sangue, pois prometeu torná-la feliz. Tarefa difícil! Minne é extravagante, frequentemente cruel, mas não existe vergonha em sofrer quando esse é o único meio de fazer alguém feliz...

Que siga, pois, livre, o caminho caprichoso de sua vida! Que corra para os precipícios, procure as alegrias perigosas: ele só estenderá as mãos quando ela cambalear, mas escondido, prudente, como as mães que seguem os primeiros passos do filho, os braços temerosos e abertos como asas...

Minne acabou, excitou-se ainda falando. Gritou não se sabe que palavras de colegial pedante, apenas à liberdade, uns "é bem feito" de criança... Duas pequenas lágrimas pendentes de seus cílios se irisam de luz, ela esgotou completamente seu repertório de maldade. Antoine poderia pegá-la em seus grandes braços, niná-la debaixo de lágrimas... Mas sente que ainda não é o momento...

— Meu Deus, Minne, quem lhe perguntou tudo isso?

Ela levanta o pescoço de criança, passa uma língua sedenta sobre os lábios.

— Como? Quem me perguntou? Você mesmo! Com sua atitude de mártir rabugento e com seu silêncio de marido que se contém! Que contém o quê? Que é que você sabe? Seus esbirros da polícia não lhe informaram? São tão hábeis!...

— Você tem razão, Minne, eles são muito incompetentes! Isso é quase a minha desculpa. Não os conhecia, empreguei-os mal... E mais ainda: eu não devia nunca tê-los empregado.

Um espanto receoso muda a expressão de Minne. Ela para de desfiar o chapéu de palha azul que ocupava suas mãos destruidoras.

— Você me perdoa, Minne?

Ela tem nas pupilas sombrias a fria suspeita de um animal a quem se diz: "Vai!", abrindo-se a porta da jaula...

— Vamos, Minne! É preciso dizer que não farei mais isso?

A graça tranquilizadora, um tanto deliberada, de seu sorriso barbudo inquieta Minne, que não compreende nada... Por que a espionagem e por que mais tarde a desculpa humilde? Hesitando, estende uma mãozinha incrédula...

— Seja então. Você é imponentemente antipático, Antoine!

Ele atrai para si o braço de Minne, que cede o cotovelo e resiste com o ombro, e se inclina ternamente até ela:

— Escute, Minne, se você quisesse...

O crepúsculo desceu rapidamente, ocultando o rosto dela.

— Se eu quisesse o quê? Você bem sabe que eu não gosto de prometer!

— Você não precisa prometer nada, querida.

Ele fala entre as sombras, como irmão mais velho, amigo paternal, e é uma dupla humilhação, detestada e querida ao mesmo tempo, que faz estremecer a memória de Minne: uma voz um tanto apagada e indulgente não se entreabriu acaso outro dia, no mais profundo de seu ser, essa secreta célula de amar, célula de sofrer, que acreditava fechada com ferrolhos?... Sente-se de repente cansada e se apoia nas curvas tão familiares do grande corpo em pé à sua frente...

— Minne, Chaulieu queria mandar-me a Monte Carlo para um grande negócio de propaganda a ser tratado com a administração dos jogos. No começo isso não me atraiu muito, mas o chefe da Pleyel consente que eu tire minhas férias de Páscoa adiantadas. Você quer vir comigo a Monte Carlo, por uns dez ou doze dias?

— A Monte Carlo? Eu? Por quê?

"Se ela recusar, meu Deus! Se ela recusar", diz Antoine para si mesmo, "é que alguém a retém aqui, quer dizer que tudo está perdido para mim..."

— Para me dar um grande prazer — diz simplesmente.

Minne pensa em seus dias vazios, em seus pecados sem sabor, em Maugis, que não a quer, no pequeno Couderc, que não sabe nada, naqueles que virão e que ainda não têm nem nome nem rosto...

— Quando partimos, Antoine?

Ele não responde logo, a cabeça levantada na obscuridade, lutando contra as lágrimas, contra a necessidade de gritar e contra a necessidade de espojar-se aos pés de Minne... Ela não ama ninguém! Partirá com ele, com ele, só com ele irá!

— Em cinco ou seis dias. Você estará pronta?

— É muito pouco tempo. Será preciso se vestir bem lá... Espere que eu acenda a luz: não se vê nada... Você não voltará a me tratar mal, Antoine?

Ele a retém ainda um minuto perto de si, no escuro. Com um braço em volta dos frágeis ombros de Minne, sem apertá-la muito, sem aprisioná-la, renova o mudo juramento de lhe dar toda a felicidade, de a deixar tomá-la onde quiser, de roubá-la para ela...

"Dezenove, vermelho, ímpar e passa..."

— Ganhei mais dez francos! — exclama Minne, encantada. — E você dizia que se perde sempre em Monte Carlo! Antoine, vou jogar em outra mesa.

— Por quê? Se você está ganhando nesta aqui...

— Não sei. É divertido mudar. Espere-me embaixo do relógio, está bem?

Antoine segue-a com os olhos, cheio de admiração por seu vestido branco farfalhante, por sua esbelteza, por sua nuca dourada e pelo chapéu de crina cor-de-rosa...

"Ela está se divertindo", pensa ele, "que felicidade!"

Minne, de pé atrás do crupiê, desculpa-se cortesmente: "Perdão, senhor", e coloca sua ficha na terceira dúzia. A bola roda, começa a parar, tropeça.

— Jogo feito!

Minne olha abaixo de si um jardim de rosas e íris, um chapéu monstruoso que abriga uma face invisível... "Mas que chapéu! Aposto que é uma prostituta..."

— Trinta e seis, vermelho, par e passa.

Minne ganha ainda mais dez francos. Recolhe as três fichas: ao mesmo tempo que ela, debruça-se sobre a mesa um alemão gordo que ganha também na terceira dúzia... E uma voz seca sai de debaixo do jardim suspenso:

— Perdão, senhor! Deixe por favor este monte!

— *Verzeihung! Diese Einlage gehört mir!**

A dama replica vivamente, desta vez em alemão:

— *Sie müssen nur auf ihr Spiel Acht geben. Das Goldstück gehört mir... Lassen Sie mich in Ruhe!***

O homem, estupefato, implora com os olhos o testemunho de uma leal assistência, mas a leal assistência tem muito mais coisas a fazer...

---

* "Desculpe! Este dinheiro me pertence." (N. da E.)
** "O senhor deve prestar atenção só ao seu jogo. Esta moeda de ouro é minha... Deixe-me em paz!" (N. da E.)

Minne tampouco volta a si do assombro, pois a senhora do chapéu, a senhora que recolhe as moedas esquecidas com a autoridade que lhe dá a má intenção, é Irène Chaulieu!

— Mas como? É você, Irène?

— Minne! Essa é boa! Quem diria? E esse barbudo que queria ficar com o meu dinheiro! Não me fale agora, querida, estou ensaiando uma pequena combinação, uma cartada sensacional!

As pequenas mãos de Irène manuseiam as moedas, empilham fichas, anotam num caderno. Seu nariz de pesadora de ouro se inclina sobre uma contabilidade sordidamente avarenta, sobre um espólio de saqueadora. Debaixo do seu chapéu semelhante a um terraço florido, os olhos por cima do nariz apertado e pálido convocam o ouro, adoram-no, violentam-no, e suas mãos de escamoteadora despojam o pano verde...

— Você não a acha formidável? — cochicha uma voz no ouvido de Minne.

Com uma suscetibilidade de recém-casada, Minne reconhece Maugis. Então todo mundo está em Monte Carlo!... Ela fica parada na frente do jornalista sem saber o que dizer. Enxuga a testa, piscando debaixo da forte luz do lustre. Acha-o mais velho que em Paris, com alguns fios brancos no bigode, uma grande ruga triste no rosto de homem alegre...

— Quer apostar — diz ele — que sei o que está pensando de mim?

— Não — responde ela vivamente. — Estou muito contente em encontrá-lo.

— A senhora é muito bondosa. E o nobre marido?

— Está me esperando embaixo do relógio...

— É a primeira vez que vem a Monte Carlo?

— Sim... Estou muito deslocada, tudo é tão diferente aqui! O senhor não acha que encontramos aqui pessoas interessantes?

— Ia observar isso mesmo — concorda Maugis, condescendente.

Minne, que não gosta de zombarias, move os ombros mal-humorada.

— Não precisa caçoar de mim! — implora.

— Caçoar de você? Nem penso nisso, minha menina!

— Em que pensa, então?

— Penso que escapou de sua fronte um único fio de cabelo dourado, quase prateado, que desenha um ponto de interrogação no ar, e eu respondo "sim" a torto e a direito.

Ela ri sem animação, e instala-se entre os dois um silêncio embaraçoso. Minne, cansada de ficar de pé, evita olhar para Maugis, e ambos, embora mudos, pensam num quarto de cortinas de gaze amarela, onde as palavras vinham fáceis, sinceras, onde seus pensamentos se entregaram, nus como a própria Minne. Ali eles se disseram tudo...

Calam-se, melancólicos. Escutam, dentro de si mesmos, a musical ruptura de um fiozinho muito precioso...

— Não estou muito alegre esta noite, minha menina, não é verdade? Não a estou divertindo nada, não é mesmo?

Ela protesta com um gesto.

— Quando me divirto não estou alegre. E posso estar contente sem me divertir. Creia-me — apoia por um instante a mão enluvada sobre o braço de Maugis —, creia que sou sua amiga e não tenho outro amigo senão o senhor... Custou-me muito dizer isso, mas me acostumaram tão pouco à amizade!... Agora volte ao jogo; eu vou embora.

— Para onde?

— Encontrar-me com Antoine. Ele me espera embaixo do relógio.

Ele não insiste. Afasta-se depois de um beijo na pequena mão sem luva, deixando Minne só entre tantos desconhecidos, entre o silêncio borbulhante e concentrado das salas de jogo...

Ela estremece, recordando o áspero vento que essa noite varre a Corniche... Um estranho acaso jogou Minne e Antoine em plena tempestade seca; lantejoulas de sílex voam sob o céu cor de chumbo, o Mediterrâneo tem uma cor de ostra cinzenta...

Absorta, Minne chega enfim perto de Antoine, que a espera embaixo do relógio, e saem do cassino de braços dados.

O vento varreu o céu, onde vagueia uma lua cor de malva. As palmeiras imóveis marcam a avenida, os hotéis cor de creme, as casas cor de manteiga rivalizam-se em brancura... Mas a beleza da noite clara prevalece sobre tudo, e no vento morno passa um sopro de primavera...

— O tempo está quase tão agradável como em Paris — suspira Antoine.

Na vitória puxada por duas éguas ossudas e rudes, Minne se apoia friorenta no ombro do marido. O carro sobe, a trote largo, a rua que conduz ao Riviera-Palace: às vezes, sombrio e puro, aparece o mar... Um filete de prata dança em volta de um longo fuso de luz com um resplendor de madrepérola, como o ventre pálido dos peixes...

— Oh! Antoine, você está vendo?

—Vejo, querida. Você gosta desta terra?

— Não gosto, mas a acho muito bonita.

— Por que não gosta dela?

— Não sei. Há o mar, que eu nunca tinha visto. E essa água sem fim nos faz sentir longe, mais solitários que em outro lugar qualquer...

Ele não se atreve a apertar seu braço em torno do abrigo branco que flutua e se sente mais tímido que um noivo. Desde a noite do ferrolho ele vive junto de Minne, como irmão, oscilando da suspeita ao remorso, do temor à cólera — e maravilha-se pensando que foi o marido de Minne, que dispôs dela como um paxá confiante, que a possuiu sem perguntar: "Você me quer?"

Esses dias estão longe... No entanto, Minne está ali, encostada em seu braço, e a poeira silicosa, bordada como orvalho, leva aos lábios de Antoine algo do perfume de verbena com limão...

Guardam silêncio, até o grande quarto onde a higiene e a moda baniram os papéis da parede e os acolchoados. Até os vidros sem cortinas brilham, nus como os dos apartamentos para alugar, abertas as persianas.

Ainda vestida com o casaco, penteada e com seu chapéu transbordante de rosas, Minne se aproxima da janela banhada pela noite luminosa. Os jardins do hotel escondem Monte Carlo sob uma sebe escura de evônimos. Parece que só existem no mundo o mar e a lua...

Três tonalidades de cinza, de prata e azul-chumbo bastam para o frio esplendor do quadro e Minne aguça o olhar para captar a linha delicada, o suave e misterioso traço de lápis que, bem no fim do mar, toca o céu...

Essa noite sem sombras, que desperta no coração recalcitrante de Minne uma sensibilidade desconhecida, ressoa com todos os barulhos do dia. Uma música ao longe sobe aos poucos e na rua estalam os chicotes, rangem as rodas...

Minne tenta reunir sua alma espalhada pelo mar; voando sob a lua, ela se alça angustiada para um lugar que não existe. Em nenhuma parte aonde vá encontra o Amor, e seu sonho não tem rosto algum... Oh! Essa noite tudo é tão grande, tão severamente belo e tão cruel na solidão!

Gelada, Minne se volta para Antoine, que fuma, de pijama. Ela está a ponto de lhe estender suas mãos trêmulas, pequenas mãos de rainha cujas palmas não sabem mendigar e que se oferecem ao beijo, os dedos descaindo como sinos de digitais brancas...

Ele fuma um cigarro e parece indiferente. Mas qualquer coisa amadureceu em seu rosto de brasileiro honesto, algo entristece o grande nariz equino, afunda os olhos de guerrilheiro apaixonado... "Então ele está pensativo?", espanta-se Minne. Nunca havia pensado tanto nele. Começa a desejar que ele fale e que o som de sua voz perturbe enfim essa noite ofuscante que entra pelos vidros...

— Antoine...
— Querida?
— Estou com frio.
— Vá se deitar.
— Sim... Ponha o cobertor de viagem em minha cama... Como faz frio aqui!
— O pessoal da terra diz que é excepcional. Aliás, parece que amanhã teremos um dia magnífico. Você poderá ver o azul do mar... Vamos subir a La Turbie...

Ele redobra as banalidades, à medida que Minne se vai despindo, revelando pouco a pouco uma nudez que parece nova no quarto desconhecido. Ela se apressa, impudica e fraternal, corre ao banheiro e volta tiritando.

— Oh! Esta cama!... Os lençóis estão gelados.
— Você quer...

Ele ia propor o calor de seu grande corpo moreno e quente, mas para de súbito, como reprimindo uma inconveniência...

— Quer que peça uma bolsa de água quente?
— Não é preciso! — diz Minne, a voz abafada debaixo dos lençóis.
— Mas cubra-me bem... Puxe um pouco a manta... Vire o abajur para o outro lado... Obrigada, Antoine... Boa noite, Antoine...

Ele se apressa, feliz e triste, com vontade de chorar, e se faz ágil e silencioso em torno da cama. Uma gratidão canina enche-lhe o coração.

— Boa noite, Antoine... — repete Minne, estendendo para fora da cama um pálido focinho gelado.
— Boa noite, querida. Está com sono?
— Não.
— Quer que eu apague a luz?
— Não agora. Fale comigo. Acho que estou com um pouco de febre. Sente-se aqui um instante.

Ele obedece com sua terna falta de jeito.

— Se você não está bem aqui, Minne, poderemos voltar mais cedo; eu me apressarei...

Minne afunda com a nuca o travesseiro de pluma, ajeita-se entre seus cabelos para aquecer-se como uma galinha na palha.

— Não estou pedindo para voltar.

—Você pode estar sentindo falta de Paris, da casa, dos hábitos, do...

Virou a cabeça, mudando de voz sem querer, e Minne o espreita por entre os cabelos.

— Eu não tenho hábitos, Antoine.

Ele faz um tremendo esforço para calar-se, mas continua:

—Você pode... gostar de alguém... ter saudades... dos amigos...

— Eu não tenho amigos, Antoine.

— Sabe, estou dizendo isso... não é para criticá-la. Eu... eu estive pensando que o mês passado me comportei como um idiota... Quando a gente ama faz dessas coisas... Não posso impedi-la de amar como não posso impedir que a terra gire...

Ele parece levantar montanhas a cada palavra, seu pensamento fervoroso e sutil escolhe as palavras mais pesadas e vulgares, e isso o faz sofrer. Grande Deus, não poder explicar a Minne que ele lhe faz entrega de sua vida, de sua honra de marido, dá a ela sua devoção de cúmplice!... Não trazer à tona nada que fira, que meta medo nessa criança frágil que se refugiou na sua cama... E o que ela vai dizer? Contanto que não se ponha a chorar! Parece tão nervosa essa noite! "Meu Deus", diz consigo mesmo, "prefiro que ela me ponha chifres a fazê-la chorar!" E, debaixo dos seus cabelos despenteados, adivinha a intensidade de seu belo olhar sombrio...

— Eu não amo ninguém, Antoine.

— É verdade?

— É verdade.

Ele devora, com a cabeça baixa, uma alegria e amargura equivalentes. Ela disse: "Eu não amo ninguém", mas não disse que o amava...

—Você é muito boa, sabe... Estou contente... Não está mais com raiva de mim?

— Por que eu teria raiva de você?

— Por causa de... por causa de tudo! Houve um momento em que eu quis estragar tudo... mas não creia que fosse por amá-la menos, ao contrário!... Você não pode compreender isso...

— Por quê?

— São ideias de homem que ama — responde ele simplesmente.
Minne estende para fora da cama uma pequena mão amigável.

— Mas eu o amo muito também, pode ter certeza.

— Sim? — pergunta ele com um riso forçado. — Então eu queria que você me amasse bastante para me pedir tudo o que lhe dê prazer, mas de fato tudo, compreende, mesmo coisas que geralmente não se pedem a um marido, e depois que você viesse se queixar, compreende, como quando se é criança: "Alguém me fez isto ou aquilo, Antoine, dê uma surra nele, vá estrangulá-lo", ou qualquer coisa assim...

Desta vez ela compreende. Senta-se na cama não sabendo como libertar a brusca ternura que quer saltar dela até Antoine, como uma brilhante cobra aprisionada. Está pálida, os olhos dilatados... Que tipo de homem é esse primo Antoine?

Outros a desejaram, um até a ponto de querer matá-la, outro até a rejeitou delicadamente... Mas nenhum deles disse: "Seja feliz, eu não quero nada para mim; eu lhe darei enfeites, doces, amantes."

Que recompensa concederá a esse mártir que a espera ali de pijama?... Que ele pelo menos tome o que Minne pode lhe dar, seu corpo obediente, sua doce boca insensível, sua suave cabeleira de escrava...

— Antoine, venha para a minha cama...

Minne dorme um sono cansado na rosada obscuridade. Fora, os chicotes estalam, as rodas rangem como se fosse meia-noite e ao pé do terraço vibram os bandolins italianos. Mas a muralha do sono separa Minne do mundo vivente e só o fanhoso alarido da música se insinua até seu sonho para molestá-la com um zumbido de abelhas...

O sonho benigno, ensolarado, turva-se e o pensamento de Minne sobe até o despertar com saltos desiguais, como um mergulhador que deixa o fundo de um oceano maravilhoso. Ela respira profundamente, escondendo o rosto na cavidade do braço dobrado, buscando o negro e doce sono... Uma ligeira dor, estranha, em todo o seu corpo, ressoa como uma harpa, acordando-a sem remissão.

Sente-se nua entre os seus cabelos, antes de abrir os olhos; mas o insólito desse detalhe pouco importa: alguma coisa aconteceu essa noite... O quê? É preciso acordar depressa, por completo, para lembrar-se com mais alegria: essa noite um milagre acabou de criar Minne!

Ela volta para as cortinas um sorriso vago e animal: "O sol?... Então nós dormimos? Sim, nós dormimos, e durante muito tempo... Antoine saiu... Eu nem teria coragem de ver as horas... Felizmente nós dois almoçamos tarde..." Ela repete "nós dois" com orgulhosa ingenuidade de recém-casada, recaindo nos travesseiros, em meio aos cabelos desfeitos...

"Antoine, venha para a minha cama!" foi o que ela gritou para ele essa noite, com uma equidade convencida de prostituída que só tem seu corpo para pagar o amor dos homens... E o infeliz, enlouquecido ao ver que a recompensa estava tão próxima da dor, atirou-se aos braços exaltados de Minne.

No princípio queria tê-la apenas a seu lado, abraçava-a pelo busto, embriagado até as lágrimas ao senti-la tão quente e perfumada, tão pequena, tão flexível em seus braços... Mas ela se aproximou inteira dele com um movimento de cadeiras, juntando aos seus pés os dele, lisos e frios. Sentindo-se enfraquecer, ele sussurrou "não, não", arqueando as costas para se livrar dela, mas uma pequena mão temerária o roçou, e de um salto ele estava em cima da cama, mandando ao ar os lençóis...

Ela o viu, como já o vira tantas vezes, nu sobre seu corpo, faunesco e barbado, o grande corpo moreno cheirando a âmbar e madeira queimada... Mas Antoine tinha merecido hoje mais do que ela sabia lhe dar! "É preciso que esta noite ele chegue ao auge, e para que ele possa sentir pleno prazer, tenho de imitar o suspiro e o grito de seu próprio prazer... Direi *Ah! Ah!* como Irène Chaulieu, procurando pensar em outra coisa..."

Tirando a camisola longa, estendeu às mãos e aos lábios de Antoine os tenros frutos de seu colo, deixando-se cair sobre o travesseiro, passiva, um sorriso puro de santa que desafia os demônios e os torturadores...

Mas ele a conduzia, fazendo-a vibrar levemente com um ritmo suave, lento, profundo... Minne entreabriu os olhos: os de Antoine, ainda senhor de si, pareciam procurá-la para além dela mesma... Lembrando-se das lições de Irène Chaulieu, ela suspirou *Ah! Ah!* como uma colegial que desmaia, mas logo se calou, envergonhada. Extasiado, as sobrancelhas franzidas numa dura e voluptuosa máscara de Pã, Antoine prolongava seu gozo silencioso... "Ah! Ah!", exclamou ela ainda sem querer... Pois uma angústia progressiva, quase intolerável apertava-lhe a garganta, como se soluços fossem irromper a qualquer momento, incontroláveis...

Pela terceira vez ela gemeu, e Antoine parou, perturbado ao escutar a voz dessa Minne que jamais gritara... A imobilidade, a retirada de

Antoine não curaram Minne, que agora trepidava, os dedos dos pés curvados, e que virava a cabeça da direita para a esquerda, e da esquerda para a direita, como uma criança com meningite. Ela crispou os punhos, e Antoine viu como ressaltavam, contraídos, os músculos dos seus maxilares.

Ele permanecia temeroso, apoiado nos braços, sem ousar tomá-la de novo... Ela rugiu surdamente e, abrindo os olhos selvagens, gritou:

— Venha de uma vez!

Uma breve surpresa o deixou pasmado em cima dela; depois uma força sorrateira o invadiu, uma curiosidade aguda, muito melhor que seu próprio prazer. Desdobrou-se numa atividade lúcida, enquanto ela retorcia umas cadeiras de sereia, os olhos fechados, as faces pálidas, as orelhas vermelhas... Ora juntava as mãos, aproximando-as de sua boca crispada, ora parecia presa de um desespero infantil, ora arquejava, a boca aberta, cravando nos braços de Antoine suas unhas veementes... Um de seus pés, que pendia fora da cama, levantou-se bruscamente, pousando por um segundo na coxa de Antoine, que estremeceu de prazer...

Finalmente voltou para ele olhos desconhecidos, cantarolando: "Minne... sua Minne... sua...", enquanto ele sentia enfim, contra si, a ondulação de um corpo feliz...

Minne, sentada no meio da cama desfeita, escuta no próprio interior o tumulto de um sangue álacre. Ela não inveja mais nada, não tem saudade de nada. A vida vai a seu encontro, fácil, sensual, banal como uma linda moça. Antoine conseguiu tal milagre. Minne espreita o passo do marido e se espreguiça. Ela sorri no escuro com um pouco de desdém pela Minne de ontem, aquela criança obstinada que procurava o impossível. Já não existe o impossível. Já não existe mais nada a escarafunchar, tudo o que tem a fazer é florescer, tornar-se rosa, ficar feliz e degustar a vaidade de ser uma mulher como as outras... Antoine deve estar chegando. É preciso levantar-se, correr para o sol que atravessa as cortinas, pedir o chocolate fumegante e aveludado... Passará um dia preguiçoso, não pensará em nada, pendurada no braço de Antoine, em nada... em nada mais a não ser recomeçar as noites e os dias iguais... Antoine é maravilhoso, Antoine é admirável...

A porta se abre, uma onda de claridade dourada invade o quarto.

— Antoine!

— Minne querida!

Eles se abraçam, ele fresco do vento e do ar livre, ela ainda suada, com o perfume de sua noite de amor...

— Querida, está um dia lindo! É verão, saia logo da cama!

Ela salta sobre o tapete, corre para as janelas e retrocede, deslumbrada...

— Oh! Está tudo azul!

O mar descansa sem uma prega em sua roupa de veludo onde o sol se funde como uma placa de prata. Minne, deslumbrada e nua, segue com arrebatamento o balanço de um galho de pelargônio cor-de-rosa contra o vidro da janela... É possível que essa flor tenha desabrochado durante a noite? E as rosas de narizes ruivos? Ontem não tinha reparado nelas...

— Minne! Tenho novidades!

Ela deixa a janela, contemplando o marido. Ela crê que o milagre também o atingiu, dando-lhe uma nova e máscula segurança...

— Minne, você nem imagina! Maugis me contou uma história incrível: Irène Chaulieu brigou com um inglês por causa de umas moedas de ouro escamoteadas, enfim, o que se chama um pequeno escândalo... Tanto que ela teve de tomar o trem para Paris!

Minne se envolve num penhoar frouxo, sorrindo para Antoine, a quem admira, tão grande, tão moreno, a barba assíria, o nariz audaz como o de Henrique IV...

— Dê uma olhada nos jornais de Paris!... Mas, veja, isso é menos divertido... Você se lembra do pequeno Couderc?

Ah, sim, o pequeno Couderc, ela se lembra bem... Pobre rapaz... Ela se compadece dele, de longe, do alto, com uma recordação agora indulgente...

— O pequeno Couderc? Que foi que ele fez?

— Foi encontrado em casa, com uma bala no pulmão. Estava limpando o revólver.

— Morreu?

— Não, graças a Deus! Desta ele escapou. Mas, em todo caso, que acidente tão estranho!

— Pobre rapaz! — exclama ela.

— Sim, é uma lástima...

"Sim, é uma lástima", pensa Minne... "Ele viverá, tornando-se um alegre *bon vivant* — viverá, curado, depois de amputado o belo amor selvagem que o mataria. É agora que ele me inspira compaixão..."

— Escapou por um triz, esse rapaz, hein, Minne? Nestes últimos tempos ele não se atirava para você? Vamos, diga! Nem um pouquinho?...

Minne, seminua, esfrega a cabeça despenteada na manga de Antoine num gesto amoroso de animal domesticado. Bocejando, levanta para o marido, como um troféu, olhos pisados, mas já sem mistérios:

— Talvez... Não me lembro mais, querido.

Sobre a autora

Nascida na comuna francesa de Saint-Sauveur-en-Puisaye em 1873, Sidonie-Gabrielle Colette foi uma escritora de vanguarda que abordou questões de gênero e discutiu costumes sexuais já na virada para o século XX. Começou a se dedicar à literatura após se casar com um famoso escritor e editor parisiense chamado Henri-Gauthier Villars (conhecido como Willy), tendo enveredado para o mundo intelectual e artístico da capital francesa. Foi Willy quem lançou Colette, embora anonimamente, no mundo das letras, através da publicação, entre 1900 e 1904, da série de romances *Claudine*. No início da carreira, porém, foi impedida de assinar suas obras pelo marido, que assumiu a autoria no lugar dela. Foi com *Diálogos de animais*, em 1904, que assinou pela primeira vez com seu nome. Todos os livros escritos após o divórcio de Willy, em 1906, à exceção de *Mitsou* (1919) e *Gigi* (1944) versam sobre o fracasso do amor. *A ingênua libertina*, de 1909, é um romance carregado de lirismo, de amor à liberdade, revelando uma personalidade literária muito peculiar. A vida de Colette marca a intensa luta pela propriedade intelectual das suas obras, o rompimento de tabus sexuais e uma atuação literária não só celebrada pelo público, como respeitada pela crítica, o que lhe rendeu uma nominação ao Prêmio Nobel em 1948. Faleceu seis anos depois, em Paris.

Conheça todos os títulos da Coleção Clássicos de Ouro

132 crônicas: cascos & carícias e outros escritos — Hilda Hilst
24 horas da vida de uma mulher — Stefan Zweig
A câmara clara: nota sobre a fotografia — Roland Barthes
A conquista da felicidade — Bertrand Russell
A força da idade — Simone de Beauvoir
A guerra dos mundos — H.G. Wells
A ingênua libertina — Colette
A náusea — Jean-Paul Sartre
A obra em negro — Marguerite Yourcenar
A riqueza das nações — Adam Smith
As palavras — Jean-Paul Sartre
Como vejo o mundo — Albert Einstein
Contos — Anton Tchekhov
Contos de terror, de mistério e de morte — Edgar Allan Poe
Crepúsculo dos ídolos — Friedrich Nietzsche
Dez dias que abalaram o mundo — John Reed
Física em 12 lições — Richard P. Feynman
História do pensamento ocidental — Bertrand Russel
Memórias de Adriano — Marguerite Yourcenar
Memórias de uma moça bem-comportada — Simone de Beauvoir
Meus últimos anos: os escritos da maturidade de um dos maiores gênios de todos os tempos — Albert Einstein
Moby Dick — Herman Melville
O banqueiro anarquista e outros contos escolhidos — Fernando Pessoa
O deserto dos tártaros — Dino Buzzati
O eterno marido — Fiódor Dostoiévski
O fantasma de Canterville e outros contos — Oscar Wilde
O imoralista — André Gide
O tambor — Günter Grass
Orgulho e preconceito — Jane Austen
Orlando — Virginia Woolf
Os mandarins — Simone de Beauvoir
Retrato do artista quando jovem — James Joyce
Um homem bom é difícil de encontrar e outras histórias — Flannery O'Connor

DIREÇÃO EDITORIAL
Daniele Cajueiro

EDITORA RESPONSÁVEL
Ana Carla Sousa

PRODUÇÃO EDITORIAL
Adriana Torres
Rachel Rimas

REVISÃO
Carolina Vaz
Luana Luz de Freitas
Sheila Louzada

CAPA
Victor Burton

DIAGRAMAÇÃO
Filigrana

Este livro foi impresso em 2019
para a Nova Fronteira.